DER NEUE MASTER

California Masters-Reihe: Buch 4

CHERISE SINCLAIR

VanScoy Publishing Group

@ Deutsche Ausgabe: 2020

ISBN: 978-1-947219-26-7

@ Originalausgabe: *Master of the Dark Side* by Cherise Sinclair; 2012

Übersetzer: Tilmann Hennig

Lektor 1: FP Translations

Lektor 2: Christian Popp

Covergestaltung: The Killion Group

ANMERKUNG DER AUTORIN

An meine Leser/Leserinnen,

dieses Buch ist reine Fiktion. Und wie in den meisten Romanen wird die Liebesgeschichte in eine sehr, sehr kurze Zeitspanne hineingepresst.

Ihr, meine Lieben, lebt in der wirklichen Welt. Ihr werdet mehr Zeit brauchen als die Romanfiguren. Gute Doms wachsen nicht auf Bäumen und es gibt ein paar sehr seltsame Menschen dort draußen. Wenn ihr auf der Suche nach eurem eigenen Dom seid, hört auf euer Bauchgefühl und seid bitte vorsichtig.

Und wenn ihr ihn findet, dann nehmt zur Kenntnis, dass er nicht eure Gedanken lesen kann. Ja, so beängstigend das auch sein mag, ihr werdet euch ihm öffnen, mit ihm reden und auch ihm zuhören müssen. Teilt eure Hoffnungen und Ängste miteinander. Erzählt ihm, was ihr euch von ihm wünscht und wovor ihr abgrundtiefe Angst habt. Okay, er wird eure Grenzen etwas austesten – er ist schließlich ein Dom –, aber ihr habt ja euer Safeword. Nicht das Safeword vergessen, okay? Und passt auf euch auf. Verhütet. Vertraut euch einer Person in eurem Freundeskreis an. Teilt euch mit, kommuniziert.

Denkt dran: Safe, sane, consensual. (Sicher, vernünftig, einvernehmlich.)

Ich wünsche mir für euch, dass ihr diese besondere Person findet, die euch liebt, die eure Bedürfnisse versteht und euch im Herzen trägt.

Während ihr nach diesem besonderen Menschen Ausschau haltet, könnt ihr Zeit mit meinen California Masters verbringen.

Fühlt euch gedrückt,
Cherise

KAPITEL EINS

F**ür ihn war** klar: Er war ein Perverser, und daher schien das Dark Haven genau der richtige Ort für ihn. Virgil Masterson hakte seine Daumen in die Taschen seiner Jeans und sah sich im riesigen Raum um. Heute war Western-Nacht in San Franciscos berüchtigtem BDSM-Club, und die Kombination aus Fetischklamotten und Cowboykleidung war fraglich.

Als eine kleine, brünette Sub an ihm vorbeilief, die nur Nippelklemmen, einen purpurroten Tanga und Cowboystiefel trug, schüttelte er den Kopf und schmunzelte. Erstaunlich. Zumindest fiel er bei all der Cowboykleidung um ihn herum nicht aus der Reihe und wirkte nicht wie der letzte Bergdorftrottel.

Im Hintergrund lief die Western-Musik, während er über seinen Schlachtplan für heute Abend nachdachte. Am Ende von dieser Veranstaltung wollte er sich hundertprozentig sicher sein, ob seine sexuellen Neigungen normal waren, oder ob er mit seinen Vorlieben als Sonderling eingestuft werden musste. Schon immer bevorzugte er es, im Schlafzimmer die Kontrolle zu haben – aber wollten das nicht die meisten Männer? Sein Schwager war es gewesen, der ihn auf diese Art der Dominanz hingewiesen hatte. BDSM. Er wusste immer noch nicht, was er davon halten sollte.

Unter der Anleitung der Hunts hatte er eine Sub dominiert: Er hatte sie gefesselt, und sie war unter seinen Händen und seinen Befehlen dahingeschmolzen. Allein die Stimulierung ihrer Nippel hatte sie zum Höhepunkt geführt. *Verdammt,* warum hatte er sich in diese Situation hineinziehen lassen? Sein ganzes Leben hatte er das Gefühl gehabt, dass ihm beim Sex etwas fehlte. Und jetzt wusste er genau, was es war. Er brauchte – sehnte – sich danach, dass sich ihm eine Frau unterwarf.

Er schaute sich um und sah, wie sich die Menge für einen Mann teilte. Der Dom trug die Aufmachung eines Glücksspielers aus dem achtzehnten Jahrhundert, mit einem gestreiften Seidenhemd, darüber eine kunstvoll verzierte, burgunderrote Weste, inklusive Armbinden an beiden Oberarmen. Er kam direkt auf Virgil zu und streckte seine Hand aus. „Virgil Masterson, wie ich annehme?“

„Das ist richtig.“ Virgil schätzte ihn mit dem erfahrenen Blick eines Polizisten ab: einen Meter neunzig groß, etwa hundert Kilo schwer, muskulös, schwarzes Haar, das zu einem langen Zopf geflochten war, schwarze Augen, rotbraune Hautfarbe. Er nahm die Hand des Mannes und bemerkte den kraftvollen Händedruck. Der Kerl wusste mit seiner Freizeit mehr anzufangen, als nur die Bar aufzusuchen.

„Die Hunt-Brüder haben mich gebeten, ein Auge auf dich zu haben. Ich bin Xavier, der Clubbesitzer."

Virgil entließ ein amüsiertes Schnauben. Er war der Älteste von drei Brüdern, bisher hatte er noch nie einen Babysitter gebraucht. Das würde sich also heute ändern. „Interessanter Ort, an dem ich hier gelandet bin."

Xavier nahm die Bemerkung nickend hin. „Im Erdgeschoss kannst du tanzen, trinken, und bei den Vorführungen zusehen." Er wies zu den beiden Bühnen gegenüber voneinander. Eine war leer, auf der anderen peitschte eine Domina ihren schlanken, männlichen Sub aus. „Mir wurde berichtet, dass du neu im Lifestyle bist. Stimmt das?"

„Ja." Virgil schaute zur Vorstellung auf der Bühne. Mit Peitschen kannte er sich aus. Schließlich hatte er sie am Vieh benutzt, doch niemals an einem Menschen. Auch jetzt sagte ihm dieser Gedanke wenig zu. „Ich habe ein paar wenigen BDSM-Partys beigewohnt und habe mich einem der Campingtrips in die Berge angeschlossen. Ich bin aber immer noch ..." Er runzelte die Stirn und richtete die Krempe seines Cowboyhutes. „Mit Fesselspielchen kann ich mich nicht anfreunden. Auch schlagen möchte ich niemanden. Ich wurde dazu erzogen, Frauen zu beschützen. Verdammt, das habe ich sogar zu meinem Beruf gemacht."

Xavier sagte in einem sanften Ton: „Was ist, wenn sich die Sub nach Bondage und Schmerz sehnt?"

Dann hätte er ein Problem. „Ich glaube, ich muss noch rauskriegen, wo meine Grenzen liegen." Was auch der Grund für den Besuch des Clubs war. Er wollte beobachten und Antworten finden – an einem Ort weit entfernt von Bear Flat. *Ich muss herauskriegen, wie pervers ich wirklich bin.*

„Wenn die Hunts schon mit dir gearbeitet haben, dann nehme ich an, dass du die grundlegenden Regeln kennst: Weder die Sub noch das Equipment eines anderen Doms berühren, und immer nach dem Grundsatz ‚Sicher, vernünftig und im gegenseitigen Einverständnis' eine Session spielen."

Virgil nickte.

„Dann genieß deinen Abend. Im Untergeschoss findest du den Kerker. Dort geht es etwas Härter zu. Wenn dir eine Sub gefällt, komm zu mir und ich mach euch miteinander bekannt." Xavier schaute auf Virgils abgetragene Cowboystiefel und lächelte. „Demnächst beginnt das Kälberfangen – in unserem Falle: Sub-Fangen. Das könnte eine gute Gelegenheit für dich sein, jemanden kennenzulernen."

Sub-Fangen ... Er hatte nicht geplant gehabt, daran teilzunehmen. Na gut, vielleicht hatte er es in Erwägung gezogen, aber ... verdammt. „Klingt nach viel Spaß."

Nachdem Xavier gegangen war, schaute Virgil sich im Erdgeschoss um. Er ging zur Bar und beobachtete für eine Weile eine kichernde Sub, die einen mechanischen Bullen ritt. Auch Line Dancing spielte sich auf dieser Ebene ab.

Genauso wie Pokern, und er überlegte kurzzeitig, sich an einen der Tische zu setzen, um sein Glück zu versuchen, doch die Sub, die neben einem Dom saß und ihm besorgte Blicke zuwarf, hielt ihn davon ab. Heute Nacht war er zu nervös zum Pokern. *Du bist schließlich nicht zum Kartenspielen hier, Masterson.*

Er ging die Stufen zum Kerker hinunter. Am Fuß der Treppe hielt er inne. Bei den Partys in der Serenity Lodge liefen immer nur wenige Sessions gleichzeitig ab. Im Dark Haven war das anders. Seine Augen wanderten durch den Bereich: mehrere Andreaskreuze, Pranger und ein Pfosten zum Auspeitschen. Von den Deckenbalken baumelten Ketten. Käfige, Spanking-Bänke, Sägeböcke, Bondage-Tische. Eine Session an der anderen. Kehliges Ächzen, hohe Schreie, Schluchzer, Winseln und Stöhnen. *Jesus, Maria und Josef.* Alle seine Instinkte als Polizist verlangten, dass er seine Handschellen zückte und Verhaftungen vornahm.

Jedoch regte sich bei einigen Szenen der Dom in ihm. Bei einer Session wurde heißes Wachs auf die Brüste einer rothaarigen Sub getropft. Ihre glasigen Augen bewiesen, wie erregt sie war. Ihr Dom spreizte ihre Beine, so dass jedermann ihre feuchte Pussy sehen konnte.

Bei der Session daneben rollte eine dunkelhaarige Domina mit einem Gerät, das wie ein Pizzaschneider aussah, über die Nippel eines Mannes. Der arme Kerl hatte eine Erektion, die so hart war, dass nicht mal Superman sie hätte verbiegen können.

Im Erdgeschoss hatte es nach Bier, Aftershave und

Parfüm gerochen; hier unten im Kerker roch es nach Leder, Schweiß und so viel Sex, dass er fühlen konnte, wie Testosteron seine Adern flutete. Als Nächstes kam er zu einer Szene, bei der ein Dom seine Künste mit der Peitsche zeigte, dabei riss er seiner Sub mit nur einem Peitschenhieb das Kleid vom Leib. *Verdammt gute Technik.*

Als er jemanden in seiner Nähe fühlte, senkte er den Blick auf eine hübsche Sub, die versuchte, an ihm vorbeizukommen.

„Entschuldigung", sagte sie. Ihre melodische Stimme klang wie eine Wiesenlerche im Tal des Schmerzes.

Er trat beiseite, damit sie passieren konnte. Jedoch ließ er es sich nicht nehmen, einen längeren Blick zu wagen. *Wirklich bezaubernd.*

Dem Lederrock war es kaum möglich, ihren prallen, runden Arsch zu bändigen. Cowboystiefel mit Absätzen zeigten genug Bein, um ihm das Wasser im Mund zusammenlaufen zu lassen. Eine geschnürte Lederweste presste ihre vollen Brüste soweit nach oben, dass er glaubte, die Andeutung von Nippeln sehen zu können. Goldblondes Haar, glatt und seidig glänzend, hing ihr bis zur Mitte des Rückens. Sie sah über ihre Schulter, um sich zu bedanken, und er blickte in die blauesten Augen, die er jemals gesehen hatte – so blau wie der Junihimmel über den Bergen.

Beruhig dich, Junge.

Er seufzte, als sich die kleine Sub neben einen Dom kniete; offensichtlich war sie schon vergeben. Er beobachtete sie einen Moment und ihm fiel auf, dass sie abwesend wirkte – als wäre sie nicht mit vollem Herzen dabei. Bei den Hunts und ihren Subs hatte er gesehen, wie es sein sollte. Bei den beiden Paaren rollte die Dominanz über ihre Subs hinweg wie eine Hitzewelle im Sommer. *Ganz ehrlich*, dachte er. Er war ein Polizist und seine Gedanken waren doch wirklich lächerlich.

Er schnaubte, wandte sich von der Szene ab und setzte seine Erkundung fort – aber erst, nachdem er sich einen letzten sehnsüchtigen Blick auf die kleine Sub gegönnt hatte.

Summer Aragon hatte genug von Marks Gejammer. Sie zerrte ihn von der Auspeitsch-Session weg und nahm die Treppe zum Erdgeschoss. Das Sub-Fangen hatte begonnen.

Sie stellte sich auf die Zehenspitzen und beobachtete die Bühne, wo ein Dom einer älteren Sub hinterherjagte. Sie gehörte zu ihm, erkennbar an dem Halsband um ihren Hals. Beinahe hatte sie es ans andere Ende der Plattform geschafft, als er plötzlich zu einem Sprung ansetzte und sie auf den gepolsterten Untergrund riss. Während er versuchte, ihre Handgelenke und Knöchel zu fesseln, brüllte ihm die Menge Ratschläge zu.

„Und wieder musste eine Sub dran glauben." Mark legte einen Arm um ihre Schultern und zog sie an seine spindeldürre Gestalt. „Ich werde jetzt nach Hause gehen. Kommst du mit?"

„Jetzt schon?“ Nachdem sie gestern den ganzen Tag damit zugebracht hatte, den perfekten Lederrock und eine passende Lederweste zu finden? Verärgert sah sie ihn an. Sie hätte es wissen müssen! Schließlich war er in T-Shirt und Jeans in den Club gekommen, anstatt in Westernklamotten. „Wir sind noch nicht mal eine Stunde hier.“

„Ist mir egal. Ich hatte einen langen Tag.“

Ein langer Tag als Programmierer? Echt jetzt? Sie dachte an ihren eigenen Tag als Stationsschwester der Chirurgie: Sie war für eine Kollegin eingesprungen, hatte einen Patienten auf die Intensivstation verlegt, sich durch bergeweise Anweisungen der Ärzte gearbeitet, und hatte dann noch eine Reanimation zu Schichtende bewältigt. Erfolgreich wohlbemerkt, aber Gott, dieser verdammte Schreibkram, das war das Schlimmste! Und zur Krönung des Tages hatte sie die Speisepläne in Ordnung bringen müssen, die die Küche verschlampt hatte. Es hörte einfach nie auf. „Willst du nicht beim Sub-Fangen mitmachen?“

„Eigentlich nicht. Jason hat mir einen Weltuntergangsfilm ausgeliehen, den ich nicht erwarten kann, mir anzusehen.“

Sie dachte kurz nach: Einen kuscheligen Filmabend, oder im Club bleiben und jemanden zum Spielen finden? *Ich will bleiben und spielen, spielen, spielen.* „Ich werd’ noch ein Weilchen bleiben. Heute Abend möchte ich unbedingt das Kalb spielen.“

„Wenn du willst.“ Er runzelte die Stirn. „Ich denke aber nicht, dass Rick oder Mike hier sind.“

Summer biss sich auf die Unterlippe. Nicht einer von ihren Kumpels war im Club? Das war nicht gut.

Wenn sie eine Session abhalten wollte, dann tat sie das nur mit Doms, mit denen sie außerhalb des Clubs befreundet war. Sessions, die ihr keine Angst machten, mit Doms, die ihr keine Angst machten. Mehr konnte sie nicht ertragen. Blieb sie, würde sie es mit ... wahren Doms zu tun bekommen. Wie dem sonnengebräunten Mann, der beim Peitschen zugesehen und dessen hitziger Blick über ihren halbnackten Körper einen ungewollten Lustschauer in ihr ausgelöst hatte. *Ich verzichte, vielen Dank auch.*

Wenn ihre Kumpels nicht hier waren, mit wem sollte sie dann spielen? Sie erkannte an Marks Gesichtsausdruck, dass er überlegte, zu bleiben ... für sie. Sie lächelte. „Geh schon heim, du unverbesserlicher Stubenhocker."

„Und stolz drauf." Erleichtert fügte er hinzu: „Mein Schwesterchen hat zum Sonntagsbrunch geladen. Sie will unbedingt, dass du kommst, damit du dir mal wieder dein Baby-Fieber etwas senken kannst."

„Liebend gerne." Sie gab ihm einen Kuss auf die Wange und winkte ihm hinterher, als er zum Ausgang eilte.

Ein Schrei lenkte ihre Aufmerksamkeit auf den mechanischen Bullen in der Ecke, wo gerade eine Sub abgeworfen wurde. Die Brünette lachte wie eine Wahnsinnige, rückte ihr Korsett zurecht und kletterte getreu dem Motto *Nach-dem-Sturz-zurück-aufs-Pferd* wieder auf den Bullen. So kam dieser erneut in Bewegung, bäumte sich auf und rotierte. Summer zuckte zusammen, weil sie die Befürchtung hatte, dass die Brüste der Sub bald aus dem Korsett herausfallen würden.

In der gegenüberliegenden Ecke tanzten mehrere Clubmitglieder Line Dance zu Tim McGraws' Lied *I like It, I love It*. Die erste Reihe bestand nur aus alleinstehenden Subs, sowohl männlich als auch weiblich, alle dürftig bekleidet. Sie war versucht mitzumachen. Für eine Weile sah sie zu – wackelnde Brüste und schwingende Schwänze, wo man hinsah.

Summer verschränkte die Arme über ihrem üppigen Busen. Allein das Zuschauen schmerzte. Nein, heute Abend wollte sie wirklich ein Kalb sein – aber ohne ihre Kumpels, die ihr Sicherheit gaben?

Okay. In der letzten Zeit, das musste sie zugeben, dachte sie immer wieder über die Möglichkeit nach, mit anderen Doms zu spielen. Mit Doms, die sie nicht schon seit Jahren kannte. War dieser Tag heute gekommen?

Ich schaffe das. Entschlossen stellte sie sich hinter den anderen Subs an, und versuchte durch gezieltes Lauschen, die Regeln in Erfahrung zu bringen. Zu ihrer Bestürzung musste sie feststellen, dass Xavier und Simon an einem Tisch neben der Bühne saßen und jedem Dom eine Sub zuteilten. Sie würden die Wahl treffen. Was aber, wenn sie einen Sadisten abbekam?

Nein, sie vertraute Simon. Seit seiner Party im letzten Jahr, bei der sie von Dirk schlimm zugerichtet wurde, war Simon sehr fürsorglich mit ihr umgegangen. Niemals würde er einen grausamen Dom für sie wählen. Außerdem war es ihr gutes Recht, mit ihrem Dom über Gos und No-Gos einer möglichen Session zu sprechen, sobald er sie eingefangen hatte. Eine Regel befolgte sie bedingungslos: Sie spielte nur im Club, nur in der Öffentlichkeit.

Obwohl sie versuchte, stark zu sein, und sich selbst gut zuredete, konnte sie nicht verhindern, dass sich ihr Puls mit jedem Schritt einer lebensbedrohlichen Geschwindigkeit näherte.

Die Zuschauer jubelten, als es einer Sub gelang, die andere Seite der Bühne zu erreichen, ohne vom Dom eingefangen zu werden. Die Blondine sprang kichernd von der Plattform, strich sich ihr hautenges Latexkleid glatt und spazierte zurück ans Ende der Schlange.

Xaviers Blick fiel auf die Sub, die direkt vor Summer stand: „Jen ist an der Reihe. Gibt es Interessierte, Gentlemen?"

Mehrere Doms hoben die Hände. Nach einem kurzen Moment zeigte Simon auf einen hochgewachsenen Mann. „Aaron, viel Glück. Sie ist flink."

Jen und Aaron begaben sich zum Startpunkt.

Jetzt bin ich dran. Summer stellte sich vor den Tisch und wartete, dass die zwei Doms von ihr Notiz nahmen.

Beide hatten sie dunkle Augen und ebenso farbene Haare. Xavier tendierte dazu, sich auffälliger zu kleiden. Das war auch heute der Fall in seinem Glücksspieleroutfit aus alten Zeiten. Simon hingegen war nicht mehr der Jüngste, wacker hielt er sich in seinen Vierzigern, und war wie ein Banker aus den Sechzigern des neunzehnten Jahrhunderts gekleidet. Eine weitere Gemeinsamkeit? Sie waren reich, traditionsbewusst und sehr einschüchternde Doms. Mit anderen Worten: zu viel für sie.

„Summer, es ist schön, dich zu sehen." Simon stützte die Ellbogen auf den Tisch, lehnte sich zu ihr und fragte in einem sanften Ton: „Wie geht es dir heute?"

„Alles gut, Sir."

„Bist du vorsichtig?"

Nachdem ihre Wunden geheilt waren, hatte er ihr einen Vortrag über Sicherheitsregeln gehalten. Sie hatte die Ohren weit aufgesperrt, denn auf mehr Narben konnte sie weiß Gott verzichten. „Ja, Sir. Ich spiele nur noch im Club."

Stirnrunzelnd lehnte er sich zurück. „Denkst du nicht, dass du es damit etwas zu weit treibst, Kleines? Wie willst du auf diese Weise eine Beziehung aufbauen?"

Der Gedanke, mit einem Dom allein zu sein, verletzlich, gefesselt, löste einen Angstschauer in ihr aus. „Es genügt mir, nur im Club eine Sub zu sein."

Auch auf Xaviers Gesicht konnte sie Verwirrung sehen. „Eine Sub? Du unterwirfst dich nicht, niemandem. Du folgst den Regeln, sicher, aber du bist und bleibst gegenüber Neuem verschlossen. Du verstellst dich. Du schauspielerst."

Verbündet euch nur gegen mich, wirklich toll. Und ihr liegt falsch! Vollkommen falsch! Trotzig hob sie das Kinn. „Das ist immer noch meine Sache." Als Xaviers Augen eiskalt funkelten, fügte sie hastig „Mein Lord" hinzu.

Sein Zeigefinger tippte auf den Schreibtisch.

Sie hatte schon das Bild vor Augen, wie sie im Käfig von

der Decke baumelte. So war es den letzten Subs ergangen, deren Verhalten ihm missfallen war.

Ein zweites Tippen.

Auch mochte er die Bestrafung des Auspeitschens, auf einer der Bühnen, vor allen Clubmitgliedern.

Schließlich nickte er. „Es ist deine Entscheidung."

Zittrig atmete sie aus. *Gott sei Dank.*

Xavier wandte sich der Menge zu. „Gentlemen, das ist Summer. Wer würde gern ihre Unterwerfung gewinnen?"

Na großartig. Jetzt machte er aus der Unterwerfung noch eine große Sache. Vielen Dank auch, Xavier. Sie drehte sich um und war schockiert von den vielen erhobenen Händen. Gut für ihr Ego. Ein paar Sadisten, ein paar jüngere Doms und ... ihr Blick wurde von durchdringenden, blaugrauen Augen eingefangen, die durch den schwarzen Cowboyhut teilweise im Schatten lagen. Die anderen rückten in den Hintergrund. Jetzt existierte nur noch der braungebrannte Dom, bei dem sie im Kerker diese unerwartete Reaktion gezeigt hatte.

Er musterte sie, verzog die Lippen zu einem Schmunzeln, und sie konnte beobachten, wie auch er die Hand in die Höhe streckte.

Ihr Herz setzte einen Schlag aus. *Oh Gott.*

„Virgil, ich glaube, dieses kleine Kälbchen passt gut zu dir. Sie braucht eine strenge Hand", sagte Xavier.

Sie hatte das Gefühl, in einem Traum festzustecken, und beobachtete, wie der Dom – Virgil – in Zeitlupe auf sie zukam. Im Vergleich zu ihr war er beängstigend groß, mindestens einen Meter fünfundachtzig – Dirks Größe also.

Wahrscheinlich hatten sie sogar ein ähnliches Gewicht, nur dass dieser Dom wesentlich muskulöser gebaut war. Er trug einen abgewetzten, schwarzen Cowboyhut, ein verblichenes Flanellhemd und abgetragene Stiefel. Sein Outfit war sicherlich kein Kostüm.

Neben ihr kam er zum Stehen, ohne auch nur eine Sekunde den Blick von ihr genommen zu haben. Der abschätzende Ausdruck auf seinem Gesicht brachte den Boden unter ihr zum Beben.

Er schaute zu Xavier. „Danke.“ Er klang zufrieden. Das war gut. Sie wollte ihn auf keinen Fall verärgern. Wieso musste er nur so groß sein wie Dirk? In seiner Gegenwart fühlte sie sich tatsächlich wie ein kleines Kalb. Um sicher zu gehen, dass ihr anstelle von Füßen nicht plötzlich Hufe gewachsen waren, schaute sie kurz an ihren Beinen herab.

Als er ihre Hand nahm, fielen ihr die Schwielen auf. Hartarbeitende Hände. „Es freut mich, deine Bekanntschaft zu machen, Summer.“ Seine raue Baritonstimme hüllte sie ein.

Ihr Mund war ausgetrocknet. Sie schaffte es nicht, Worte zu formen. Und das Schlimmste? Sie wollte ihm noch näher sein. *Alles okay mit dir, Summer?*

Virgil öffnete die Knöpfe an seinen Manschetten und krempelte die Ärmel bis zu den Ellbogen hoch. „Können wir spielen?“, fragte er.

Heilige Scheiße. Sogar seine Handgelenke waren muskulös. *Er ist nicht Dirk, er ist nicht Dirk, er ist nicht Dirk. Konzen-*

triere dich aufs Spiel. Ihre Vorfreude entflammte erneut. *Sei ein Kalb, ein widerspenstiges Kalb.* „Nur, wenn du mich fängst."

Sein tiefes Lachen verwandelte ihre Knie zu Wackelpudding.

„Ich bin froh, dass du hier bist, Virgil", sagte Simon. „Diese kleine Sub hat letztes Jahr eine schlimme Erfahrung gemacht. Ich denke aber, es ist an der Zeit, dass sie ihr Schneckenhaus wieder verlässt."

Summers Kiefer klappte nach unten. „Du ... Verdammt, das ist privat und –"

Eine Hand legte sich auf ihren Mund und eine Stimme murmelte an ihrem Ohr: „Ich bin neu in diesem Lifestyle, aber ich wage mal zu behaupten, dass Respektlosigkeit gegenüber einem Dom nicht besonders klug ist."

Sie riss die Augen auf. *Oh Scheiße.* Bei schlechten Umgangsformen griff Xavier hart durch.

Sie wagte einen flüchtigen Blick. *Oh je*, er starrte sie aus unnachgiebigen Augen an. Instinktiv versuchte sie, einen Schritt zurückzugehen, und prallte sogleich gegen Virgils steinharten Körper. Eine Flucht war unmöglich! Sie musste sich den Konsequenzen stellen. Unter den Augenwimpern sah sie zu Xaxier, der seine nächsten Worte an Virgil richtete: „Bist du immer noch interessiert?"

„Definitiv."

„Sie muss für ihr freches Verhalten bestraft werden."

Für eine Weile schwieg Virgil, dann sagte er: „Ich verstehe."

„Sehr gut." Xavier wies mit dem Kopf zur Bühne. „Los geht's."

Summer kletterte die Stufen hinauf, und war sich des großen Doms hinter ihr nur allzu bewusst. Er wollte sie bestrafen? Der Gedanke an seine Hand auf ihrem Hintern, an ein Spanking von ihm, sandte einen erwartungsvollen Schauer durch ihren Körper. Sie schaute über ihre Schulter.

Er wirkte konzentriert, eine Sorgenfalte zwischen seinen dunklen Augenbrauen, der Kiefer angespannt. Erst als er den Blick zur Bühne hob und beobachtete, wie Aaron sich Jen über die Schulter warf, konnte sie ein Lächeln erhaschen.

Er hatte also doch einen Sinn für Humor. *Oh, das könnte gut werden.*

Auf der Plattform zeigte ein männlicher Sub auf einen großen Sack und erklärte: „Stiefel und Hemd kommen hier rein, Sir." Er musterte sie. „Deine Stiefel auch."

Summer machte sich ans Werk, entledigte sich eines Stiefels und hob dummerweise – glücklicherweise – den Kopf. Virgil zog sich sein Hemd aus und ... wow. Ihre Augen zeichneten die Täler und Berge seines Oberkörpers nach, bei jeder Bewegung tanzten die Muskeln unter seiner gebräunten Haut. Dann wandte er sich seinen Stiefeln zu und dabei spannten sich seine Oberarme an. Bei diesem köstlichen Anblick kribbelten ihre Finger. Sie wollte ihn berühren und testen, ob er so stark war, wie er aussah.

Er bemerkte ihren bewundernden Blick und lächelte. Es war kein *Ich-trainiere-und-habe-einen-tollen-Körper*-Lächeln.

Vielmehr wollte er damit sagen: Ich bin ein Mann, du eine Frau, das Leben ist gut. Seine Augen wanderten zu ihrem Stiefel und er zog erwartungsvoll eine Augenbraue hoch.

Ah, richtig. Schnell zog sie sich den verbliebenen Stiefel vom Fuß.

„Okay, Sir." Der Sub überreichte Virgil zwei Seile aus einer Kiste und zeigte auf gelbes Klebeband, das auf dem Boden etwa drei Meter entfernt von ihnen klebte. „Wenn sie die Markierung erreicht, kannst du ihr nachjagen. Schafft sie es auf die andere Seite der Bühne, oder kannst du sie nicht vor Ablauf der Zeit fesseln, hast du verloren. Keine Fäuste einsetzen, keine Tiefschläge."

„Verstanden." Virgil grinste sie an. „Ich denke nicht, dass sie besonders schnell ist."

Sie beobachtete, wie er die kurzen Seile zwischen seine Zähne nahm. *Gott*, sie konnte es kaum erwarten. Ihr Kampfgeist wollte, dass sie alles gab, um zu gewinnen. Doch die Sub in ihr schrie: *Lass dich einfangen!* Ihr Kampfgeist drängte sich an die Front und sie nahm eine Position ein, die ihr einen guten Start erlauben würde.

Der männliche Sub gab das Startsignal: „Los!"

KAPITEL ZWEI

S**ummer rannte so** schnell, wie sie konnte, dabei klatschten ihre nackten Füße über die Plastikpolsterung. Schon bald überquerte sie die gelbe Linie.

Sie hörte ihn hinter sich, seine schweren Schritte übertönten die ihren. Er kam näher, immer näher. Sie hatte noch etliche Meter vor sich, als sie gepackt und herumgedreht wurde.

Sie kam ins Straucheln. Vergebens versuchte sie, ihr Gleichgewicht wiederzufinden. Sie quietschte, als er grinsend einen Fuß hinter ihren rechten Knöchel positionierte und ihr die Füße unter den Beinen wegzog. Sie schrie. Er fing sie auf, bevor sie auf der Matte landete, und schaute zu, wie ihr Hut zu Boden fiel.

Sanft umfasste er ihren Hinterkopf und kniete sich neben sie. Ihr Verstand hatte noch nicht aufgeholt, da hatte er sie bereits auf den Bauch gerollt.

Nicht aufgeben! Sie stützte sich auf ihre Ellbogen, und versuchte tretend und zappelnd sich von ihm loszureißen.

Er reagierte, indem er ein Knie auf ihren Rücken presste. Sie gab nicht auf, trat und schlug nach ihm. Ihr amüsiertes Kichern machte es jedoch nicht einfacher, eine erfolgreiche Flucht umzusetzen. *So viel Spaß hatte sie noch nie!* Es dauerte nicht lange, bis er ihre Knöchel zu fassen bekam und sie fesselte.

Als Nächstes griff er nach ihrem rechten Handgelenk. Sie riss beide Arme nach vorn, an ihrem Kopf vorbei und damit außerhalb seiner Reichweite. Zeit schinden war die Devise! Wenn er sie nicht rechtzeitig fesselte, würde er verlieren.

„Störrisches, kleines Kalb." Sein tiefes Lachen ließ sie erschauern. Er bewegte sein Knie, das weiter oben auf ihrem Rücken zur Ruhe kam, um ihre Hände erreichen zu können. Gleichzeitig wurden ihre Brüste auf die Matte gepresst. Mit Leichtigkeit umfasste er ihre Handgelenke und fixierte sie hinter ihrem Rücken.

Sie testete die Stricke. Es gab kein Entkommen. Keinen Ausweg. *Keinen Ausweg ...* Ihr Atem stockte. Sie drehte ihren Kopf und fand seinen Blick. Jedes Mal, wenn sie ihn betrachtete, schien er an Größe zu gewinnen. War er doch größer als Dirk? Albtraumhafte Erinnerungen fesselten sie erbarmungsloser als die Stricke. *Gefesselt. Gefangen. Todesangst. Schreien.*

Sie winselte.

„Oh, Süße." Er zog sie auf die Knie und umfasste ihr

Kinn. Der Ausdruck in seinen Augen wirkte entspannt. Sie konnte keine Begierde in seinen blaugrauen Tiefen erkennen. „Es ist alles okay, Summer." Seine Stimme war so tief, so beruhigend und tröstend, dass ihre Ängste sich auflösten.

Sie atmete tief ein. *Idiot. Das ist nicht Dirk. Ich bin auf einer Bühne.* Öffentlicher ging es nicht. „Tut mir leid", hauchte sie.

Er grinste. „Du bist nicht das erste Kalb, dem ich Angst gemacht habe." Er hob eine Hand hoch – eine Geste beim Rodeo –, und während die Menge jubelte, half er ihr auf die Füße. Nicht einmal seinen Hut hatte er bei der Aktion verloren.

Sie entließ ein sanftes Lachen. Sie war vollkommen chancenlos gewesen. Sie stand noch immer ein wenig neben sich. „Du warst ein Rodeoreiter?"

„Damals, in meiner wilden Jugend. Ich kann dir aber sagen, dass ich das erste Mal in meinem Leben so ein hübsches, kleines Kalb in die Fänge bekommen habe." Sein hinreißendes Grinsen weckte die Schmetterlinge in ihrem Bauch. Er verschlimmerte die Situation in ihrem Magen, als er sie über seine Schulter warf.

Das Blut lief ihr in den Kopf. Eine andere Sub hatte ihren Hut aufgehoben, zu ihren anderen Sachen in den Sack getan und diesen dann Virgil überreicht.

„Danke." Virgil verließ die Bühne und schlenderte durch den Raum, wodurch Summer einen Blick auf die Menge erhaschen konnte: Destiny, die fast nackte Rezeptionistin, trug nur zwei Plastikrevolver an ihrem Körper. Daraufhin sah sie einen Dom mit einem Lasso an der Hüfte und dem Gang eines Raubtiers, das einem verirrten Kalb auf den Fersen war.

Als Virgil die Richtung wechselte, nahm sie Stiefel, purpurrote Strumpfbänder, einen Ledertanga, ein Brustgeschirr und ein rotes Samtkleid wahr. Sie blinzelte und richtete ihre Augen auf etwas Naheliegendes: die verführerischen Muskeln auf beiden Seiten seiner Wirbelsäule, und seinen Po, unter enganliegenden, ausgeblichenen Jeans.

Dann fing er an, mit seiner schwieligen Hand ihre Oberschenkel zu massieren. Sofort wurde ihr heiß. Was war nur mit ihr los? Im vergangenen Jahr war sie Männern mit seiner Statur aus dem Weg gegangen, und plötzlich, ohne die geringste Vorwarnung, schienen ihre Hormone die verlorene Zeit nachzuholen.

Virgil trug sie die Treppe zum Kerker herunter. Die Western-Musik wurde von Sexlauten und Schmerzschreien abgelöst. Sie kamen an einem Raum für Bestrafungen vorbei, in dem ein Dom eine gefesselte Sub, die nur weiße Cowboy-Chaps trug und ansonsten vollkommen nackt war, mit einem Gürtel gezüchtigt wurde.

Summer erschauerte. Hatte Virgil eine ähnliche Bestrafung geplant?

Er betrat einen Raum und ließ sie vor einem Sessel herunter. „Knie dich bitte hin. Ich will mit dir reden, bevor wir irgendetwas zusammen machen." Er umfasste ihren rechten Oberarm und half ihr dabei, sich hinzuknien.

Während er auf dem Ledersessel Platz nahm, schaute sie sich um. Die Spanking-Bank in der Ecke war noch von einer Sub belegt. Sie war gefesselt und geknebelt. *Geknebelt.* Sie konnte nicht schreien, ihr Safeword nicht rufen und ihren Dom nicht anflehen, mit den Schlägen aufzuhören. *Gott.* Die Erinnerung an diese Situation erfasste sie wie ein Tsunami. „Bind mich los", flüsterte sie.

Er hatte ein hartes Gesicht, markant mit einem definierten Kiefer. Das kleine Lächeln, das er ihr schenkte, konnte seine schroffe Natur nicht aufhellen. Mit seinem Zeigefinger unter ihrem Kinn, stellte er sicher, dass er ihre volle Aufmerksamkeit hatte.

„Summer, der BDSM-Lifestyle ist noch recht neu für mich. Aber selbst ich weiß, dass du auf diese Weise nicht mit deinem Dom reden solltest."

Er war neu im Lifestyle? Trotz allem schaffte er es allein mit seinen Augen, dass ihr schwindelig wurde. Der eine Finger unter ihrem Kinn verhinderte, dass sie den Blick senken konnte. „Tut mir leid", murmelte sie. Sie bemerkte – begleitet von einem Angst- und Lustschauer –, dass seine Schultern so breit wie die Sessellehne waren.

„Schon besser. Du kannst mich Virgil nennen." Die Kontrolle seines Fingers lockerte sich, als er mit dem Daumen über ihre Unterlippe strich. Humor flackerte in seinen Gesichtszügen auf, dann huschte über seinen Mund ein Grinsen. „Ich mag das Wort *Master* nicht. Stattdessen bevorzuge ich es, mit *Sir* angesprochen zu werden."

Seine kerzengerade Haltung und seine Autorität erinnerten sie an einen Soldaten. „Ja, Sir“, sagte sie. Sie musterte ihn und entdeckte auf seinem Wangenknochen und seinem Kinn eine winzige, blasse Narbe. Er wirkte kampferprobt, was ihr gefiel. Seine langen, dichten Wimpern waren dunkler als sein sandbraunes Haar und hatten dieselbe Farbe wie seine Bartstoppeln. Die Lachfältchen an seinen Augen und um seinen Mund beruhigten sie.

Er ließ von ihr ab und stützte seine sehnigen Unterarme auf die Oberschenkel, während er sie weiter fest im Blick hielt. „Jetzt verrate mir deine Vorlieben und deine Grenzen, Summer.“

Die Zeit für Verhandlungen war gekommen. Erleichtert atmete sie aus. „Ich mag es nicht, geknebelt zu werden. Kein Blut und keine Hardcore-Schmerzen. Anal will ich auch nicht.“ Sie betrachtete ihn für einen Moment, bevor sie hinzufügte: „Keine Fesselspiele.“

Im Alter von zehn hatte sie bei einer Schulaufführung mitmachen müssen. Sie hatte einen kurzen Soloauftritt und jeder einzelne Scheinwerfer war in diesen Minuten auf sie gerichtet gewesen – so wie auch jetzt sein durchdringender Blick auf sie gerichtet war. Sein rechter Mundwinkel zuckte und er streichelte ihre Wange. „Okay. Am Knebeln habe ich ebenso kein Interesse. Ich liebe es, den Lauten der Frauen zu lauschen – wie sie stöhnen und mich nach mehr anflehen. In dem Punkt sind wir uns also einig. Blutspiel und Einwirkungen auf die Haut, die am nächsten Morgen nicht wieder verschwunden sind, lehne ich rigoros ab. Auch in dem Punkt sind wir uns also einig.“

Ihre Muskeln entspannten sich, bis er hinzufügte: „Anal hingegen sagt mir sehr zu. Gilt deine Abneigung nur meinem Schwanz in deinem hübschen Hintern, oder schließt das auch andere Dinge mit ein?“

Andere Dinge? Wie seine Finger? Oder Spielzeuge? Bei dem Gedanken zog sich ihr verbotenes Loch doch tatsächlich erwartungsvoll zusammen. Und er lächelte. *Verdammt.* „Ähm. Alles, was zu groß ist?“ Ihr Blick senkte sich auf seinen Schritt, wo etwas sehr, sehr Großes eine Beule in der Jeans verursachte.

Er entließ ein amüsiertes Knurren. „Das nehme ich als Kompliment, kleine Sub.“ Er spielte mit ihrem winzigen Ohrring und folgte dann mit den Fingern der Kurve ihre Schulter. Gänsehaut bildete sich bei der Berührung und sie musste alles geben, um nicht zu stöhnen. „Zum Thema Fesselspiele: Wir müssen feststellen, dass du bereits gefesselt bist, oder etwa nicht?“

Ihr Kiefer klappte runter. „Äh, ja, aber ... das war Teil des Spiels.“

„Dann zählt es doch aber nicht zu deinen harten Grenzen. Simon meinte, dass dein letztes Jahr nicht einfach gewesen ist, dass du eine schlechte Erfahrung gemacht hast. Hat Fesseln dabei eine Rolle gespielt?“

Verdammt seist du, Simon. „Nein. Also, ja.“ Sie blickte mürrisch. „Das hat aber mit unserer Session rein gar nichts zu tun.“ Schließlich würde diese Session in der Öffentlichkeit spielen, hier im Club. Bei dem Gedanken entspannte sie sich etwas.

„Es ist verrückt, aber ich mag es, dich in meinen Fesseln zu sehen.“ Seine Finger berührten ihren Hals und legten sich an ihren hämmernden Puls. „Und ich habe den Eindruck, dass es dir auch gefällt, gefesselt zu sein, Süße. Oder täusche ich mich?“

„Aber ...“ Was sollte sie sagen? Ja, verdammt, er hatte ja recht. Gefesselt zu sein, erregte sie. Sehr sogar. Aber es machte ihr auch Angst. Sehr viel Angst. „Nein, du täuschst dich nicht ... Sir.“

„Dann lass uns mal schauen, wie es dir mit den Fesseln ergeht.“

Simons Warnung hatte dazu geführt, dass Virgil sie bis an ihre Grenzen treiben würde. *Verdammt.* Bisher hatte er auf sie nur ein bisschen Druck ausgeübt. Wahrscheinlich konnte er ihr ansehen, dass sie Bondage mehr als gut fand. Sie fühlte, dass er vorsichtig sein würde. *Mein Gott*, war sie von allen guten Geistern verlassen? „Ja, Sir.“

„Gut. Wie lautet dein Safeword?“

„Mein Safeword lautet ‚Safeword‘.“ Sie hatte dieses Wort gewählt, damit jeder, der mit BDSM zu tun hatte, es sofort als Hilfeschrei erkannte. Eine weitere Paranoia, die von ihrer verhängnisvollen Erfahrung geblieben war.

„Benutze es, wenn deine Angst zu groß wird. Was ist mit Schmerz?“

Konnte sie ihm vertrauen? „Ich mag keinen schlimmen Schmerz.“

Die Finger an ihrem Hals hielten inne. „Willst du mir damit sagen, dass du leichten Schmerz durchaus genießt?“

Wie würden sich diese schwieligen, kräftigen Hände auf ihrem Körper anfühlen? Wenn er sie verletzte, sie an ihre Grenzen trieb, sie anschließend tröstete.

Sie nickte.

Er gab einen Laut von sich, als hätte sie ihn geschlagen. „In Ordnung." Seine Augen richteten sich auf eine Szene ganz in ihrer Nähe und er murmelte: „Heilige Scheiße."

Ausgehend von den Peitschenhieben, dem Schluchzen und dem Stöhnen fand die Sub gerade zum Höhepunkt.

Er blickte wieder zu ihr. „Du hast keine Grenzen im Hinblick auf Sex erwähnt. Oder mit Spielzeugen."

Sie spürte, dass sie errötete. In den letzten Monaten hatte sie ihre Sessions auf ein bisschen Dominanz, ein bisschen Spanking und hier und da ein paar Orgasmen beschränkt. Aber dieser Mann ... dieser Fremde ... löste bei ihr den Wunsch aus, von ihm kontrolliert und genommen zu werden.

„Ich ..." Wieso stellte er so viele Fragen? Ihre Kumpels akzeptierten einfach ihre Grenzen, ohne sie auf diese nervige Weise zu durchlöchern. *Oh ja, nervig, dabei bleibe ich.* Sie rutschte unruhig hin und her.

„Ich sehe, dass du dich nicht wirklich entspannen kannst, aber wir wissen beide, dass das zu einem gewissen Teil sehr erregend sein kann." Er lehnte sich vor und positionierte die kleine Sub direkt zwischen den Beinen. Seine Schenkel rieben an ihren Oberarmen. Als er eine Hand in ihrem langen Haar vergrub und ihren Kopf zurückriss, starrte sie ihn hilflos an. Mit Besorgnis musste sie erkennen, dass die Reaktion in ihrer Magengegend tatsächlich mit Vorfreude zu tun hatte.

„Na sieh mal einer an. Du bist erregt", murmelte er. Er warf seinen Hut auf den Sack mit den Habseligkeiten, die sie vor dem Sub-Fangen hatten ablegen müssen und senkte langsam seine Lippen auf ihren Mund. Er schmeckte nach Minze. Frisch und berauschend. Er packte ihr Kinn und richtete sie nach seinen Wünschen aus. Dann kostete er sie, knabberte mit den Zähnen an ihr.

Durch die gefesselten Hände auf ihrem Rücken, seinen Fingern in ihren Haaren und der Kontrolle, die er damit ausübte, konnte sie sich seiner Attacke nicht erwehren. Und das wollte sie auch nicht. Hitze breitete sich in ihrem Körper aus. Unter seinem fordernden Mund wurden ihre Lippen nachgiebig und sie öffnete sich für ihn.

„Sehr gut. Lass mich rein." Nach diesen gehauchten Worten nahm er sich nicht länger zurück, nein, er attackierte ihren Mund, so hart, so gewalttätig, so plötzlich wie ein Tornado im Mittleren Westen. Dieser Kuss, dieser Mann, war in der Lage, ihre Grundfesten zu erschüttern.

Als er schließlich von ihren Lippen abließ, sich zurücklehnte, wollte sie ihm folgen. Sie wollte auf seinen Schoß krabbeln und seine Hände auf ihrer Haut spüren. Die Art, wie seine Knie sich enger an ihre Schultern pressten und sie an Ort und Stelle hielten, zeigte, dass er sich über ihre Gedanken im Klaren war. Er dachte nicht daran, seine Kontrolle an sie abzugeben.

Dieses Wissen setzte dem Ganzen die Krone auf. Der

Kuss hatte alles in Gang gesetzt, doch war es seine Körpersprache gewesen, die ihr Geschlecht zum Pulsieren brachte. Sie war feucht, und spürte den Beweis ihrer Erregung da, wo ihr Po mit ihren Oberschenkeln in Kontakt kam. Sie tropfte für ihn und ihr Körper schrie: *Ja, ja, ja, nimm mich. Ich will Sex!*

Er legte eine Hand auf ihre Schulter, schwer und warm und tröstend. Sofort erinnerte sie sich daran, wie er mit Leichtigkeit ihre Handgelenke gefesselt hatte. „Wie es scheint, bist du an Sex interessiert", sagte er mit tiefer Stimme, ohne seine blaugrauen Augen von ihrem Gesicht zu nehmen.

Diese Augen machten sie wahnsinnig! Im Erdgeschoss hatte, das könnte sie schwören, die Farbe Blau überwogen. Hier unten im gedämpften Licht schienen sie nicht nur blaugrau, sondern auch grün, und goldene Akzente suchten sie zu hypnotisieren. Viel schlimmer war jedoch, wie besitzergreifend er sie betrachtete. Erregend schlimm.

„Virgil, darf ich kurz unterbrechen?"

Virgil schaute von seiner hübschen Sub auf und sah Simon, den Freund der Hunt-Brüder. Heute war nicht das erste Mal, dass sie Bekanntschaft machten. Er war Simon vor ein paar Wochen bei einer Party der Hunts begegnet.

„Xavier hat erwähnt, dass du ohne Equipment gekommen bist", sagte Simon.

„Das stimmt. Es stand nicht auf dem Plan, heute Abend

eine Session zu spielen.“ *Zur Hölle nochmal*, er hatte gehofft, dass er eintreten und so angewidert sein würde, dass er das Problem vergessen konnte. Das Gegenteil war eingetreten: Die Reaktion der kleinen Sub auf Bondage löste gleichermaßen eine Reaktion bei ihm aus. Er konnte ihr ansehen, konnte fühlen, dass es sie erregte, gefesselt zu werden und er fragte sich, wie er ihr geben konnte, was sie so offensichtlich brauchte.

„Das habe ich mir gedacht.“ Neben Virgils Sessel stellte der Dom eine Ledertasche ab. „Als Jake erwähnte, dass du vorhast, uns einen Besuch abzustatten, da habe ich mir die Freiheit genommen, ein paar Dinge für dich zusammenzusuchen, an denen du vielleicht Spaß finden wirst. Nichts Extremes.“

„Danke, Simon, aber –“

„Es gehört dir. Viel Spaß.“ Sein Blick schweifte über Summer und er lächelte. „Fang mit dieser vorlauten Sub an.“

Das Geräusch, das sie von sich gab, hatte viel Ähnlichkeit mit dem Knurren der Main-Coon-Katze seiner Cousine. Ohne hinzuschauen, legte Virgil seine Hand auf ihren Kopf. Der Laut verklang, wodurch er eine tiefe Befriedigung empfand. Sie waren im Einklang, und was ihn wirklich heiß machte, war ihre Aufmerksamkeit, die sie nur ihm schenkte. Nicht Simon, nur ihm. Das Gefühl war unbeschreiblich. „In diesem Fall akzeptiere ich dein Geschenk. Vielen Dank.“

„Sehr gut. Mein Dienst als Aufseher fängt jetzt an. Falls

du Fragen hast, zögere nicht, mich zu rufen; ich bleibe in der Nähe." Simon schlenderte davon.

Stirnrunzelnd betrachtete Virgil die Ledertasche. Zweifellos war sie mit jenen guten Dingen gefüllt, die dabei halfen, eine freche Sub zu bändigen. Sein Kopf lehnte den Gedanken jedoch ab.

Er konnte nicht abstreiten, wie wunderschön Summer war. Wie sie vor ihm kniete, das Verlangen, ihn zufriedenzustellen deutlich in ihren Augen zu erkennen. Etwas in ihm antwortete auf die Signale, die sie ausstrahlte.

Gedankenverloren stupste er mit dem Fuß gegen die Tasche. Auch Equipment, um ihr Schmerzen zuzufügen, würde er darin finden. Der Gedanke missfiel ihm. *Aber sieh sie dir an.* Die vollen Lippen leicht geöffnet, die Wangen gerötet. Sie hatte nach Schmerz verlangt, und in ihren großen, blauen Tiefen konnte er sehen, wie sehr sie sich danach sehnte, dass er endlich fortfuhr.

Sein Schwanz zuckte zustimmend und er seufzte. *Verdammt*, sein Schwanz und diese willige Sub hatten ihn überstimmt.

Er musste es tun. Er wollte seine eigenen Grenzen testen und versuchen, den Konflikt in seinem Inneren zu lösen. Und verdammt nochmal, er sehnte sich danach, für sie ein guter Dom zu sein. Entschlossen erhob er sich. „Genug geredet. Die Spanking-Bank wartet auf uns."

Sie biss sich auf die Lippe und er bemerkte, wie sie versuchte, sich Erleichterung zu beschaffen, indem sie ihre

Schenkel zusammenpresste. Der Anblick half ihm, sich zu entspannen.

Er löste die Stricke von ihren Handgelenken und betrachtete ihre Haut. Leicht gerötet, aber keine Abschürfungen. Als er sie eingefangen hatte, war er vorsichtig gewesen. Ihre Haut war samtweich und es war lange her, dass er das letzte Mal ein Kalb gefesselt hatte.

Er warf sich die Tasche über die Schulter und hob die kleine Sub in seine Arme. Kurvig und weich. Er rieb sein Kinn an ihrem weichen Haar und atmete ihren Duft ein: Pfirsich und Vanille. Sie roch köstlich. Er konnte es nicht erwarten, sie zu kosten, sie zu ficken.

Die Spanking-Bank war wie ein Betschemel konstruiert, mit dem gepolsterten Teil für die Knie und einem anderen gepolsterten Teil weiter oben, damit es die Sub bequem hatte, wenn sie sich vorbeugte. Er hatte keine Erfahrung mit Spanking-Bänken, jedoch hatte er dem Paar davor einiges abschauen können. Das Vorgehen erklärte sich wirklich von selbst. Und für seinen Plan war das genau das richtige Gerät. Xaviers Bestrafung stand noch aus, und dafür wollte er Summers Hintern ein wenig erwärmen.

Nur ein bisschen Schmerz, kein bleibender Schaden. Wäre es möglich, dass er genau das wollte? *Verdammt.*

Vorsichtig stellte er sie neben der Bank ab. Seine Hände packten ihre Oberarme, bis sie ihr Gleichgewicht gefunden hatte. Für eine Frau war sie durchschnittlich groß und trotzdem wirkte sie im Vergleich zu ihm verletzlich. Weiblich. Mit einer Hand fuhr er über ihren Körper und erkundete ihre Form. Sie hatte Kurven, ihre Taille schmal, während ihre Hüften geradezu darum bettelten, von einem Mann wie ihm gepackt zu werden.

„Nicht bewegen." Er sprach den Befehl in einem harschen Ton aus, den er auch bei aufsässigen Betrunkenen anwandte, und er konnte beobachten, wie ihr dabei ein Lustschauer durch den Körper jagte. *Ah.* Logan hatte ihm gesagt, dass ein Dom eine Sub oft daran erkennen konnte, wie sie auf einen Befehl reagierte. *Nett. Wirklich sehr nett.*

Sie sehnte sich nach seiner Kontrolle, und er würde ihr geben, was sie brauchte.

Mit einer Hand hielt er ihre Wade umschlossen, so dass das Gefühl gefesselt zu sein, sie nicht verließ. Die andere Hand griff in die Ledertasche, sein Blick folgte: Handfesseln aus Leder. *Wirklich nett.* Eine Spreizstange. *Perfekt.* Ein Paddel? Sein Magen zog sich zusammen, und er nickte. *Ja, okay.* Analspielzeug – *noch nicht.* Der Ledergürtel – *zur Hölle, nein*.

Eigentlich wollte er überhaupt keine Hilfsmittel aus der Tasche verwenden. Jedoch hing die Erregung der kleinen Sub in der Luft. Es handelte sich um einen zarten Duft, der in ihm das Bedürfnis auslöste, sie betteln zu hören. Um Erbarmen, um Erlösung. Er wollte sie kennenlernen – ihre Bedürfnisse, ihre Vorlieben und wie weit er sie treiben musste, bis sie vollkommen den Verstand verlor. Ihre Stimme und ihre Erscheinung hatten seine Aufmerksamkeit erregt. Ihr Kichern, als er sie eingefangen hatte ... *Verdammt*, er war bereits besessen. Und die Art, wie sie sich ihren Ängsten stellte? Wie konnte ein Mann dieser Kombination aus Unterwerfung und Courage widerstehen?

Wie würde sie aufs Paddel reagieren? Auf seine Hände? Schon bald würde er es herausfinden. Deswegen war er hier.

Sein Blick wanderte zu ihr. Sie zuckte mit keinem Muskel, als er sie musterte. Die Sessions in der Serenity Lodge hatten sich anders angefühlt. Heute, bei dieser Sub, konnte er es nicht erwarten, dass sie sich ihm unterwarf. Und er würde ihre Hingabe akzeptieren. Er wollte sehen, wie sie sich unter ihm wand ... Aber es war mehr als das: Er wollte die kleine Sub kennenlernen. Nur sie. *Summer.*

Vor allem wollte er alles über diese schlimme Erfahrung wissen, von der Simon gesprochen hatte. Hätte er sie um mehr Informationen drängen sollen? Er wusste es nicht mit Sicherheit. Er wusste jedoch, dass er mit Adleraugen ihre Reaktionen im Blick haben sollte.

Im Moment verrieten ihm ihre geröteten Wangen und ihre geschwollenen Lippen, dass sie wollte, was er ihr zu geben hatte. Seine Handfläche glitt an ihrem Knie vorbei, zu ihrem Schenkel, bis er nur noch wenige Millimeter von ihrer Pussy entfernt war. Ihre Haut war warm, heiß vor purer Erregung. Unter seinen Fingerspitzen ertastete er ihren Nektar, der an ihren Schenkelinnenseiten herunterlief. Er ließ seine Hand dort und erfreute sich an ihren Reaktionen.

Eine erregte Frau mit großen, blauen Augen. Er war verloren.

KAPITEL DREI

Summer fühlte sich weitaus gelöster, als ihr Virgil die Fesseln von den Knöcheln nahm. Weniger nervös. Gleichzeitig auch weniger erregt. Aber das machte ihr nichts aus. Nicht gefesselt zu sein, war sicherer und –

Etwas schloss sich um ihren rechten Knöchel. Ruckartig senkte sie den Blick: eine Lederfessel? Neben ihrem Fuß lag zudem eine Spreizstange und sie trat instinktiv einen Schritt zurück.

„Immer, wenn du dich gegen meine Anordnungen widersetzt und du dich bewegst, füge ich deiner Bestrafung einen Schlag hinzu."

Bei der erregenden Drohung musste sie die Augen schließen. Sie war unfassbar feucht. Wenn er weiter in diesem Baritonton sprach, würde sie hier und jetzt kommen.

Auch um ihren linken Knöchel legte er eine Fessel. „Spreiz die Beine."

Sie folgte der Anweisung. Anscheinend war es ihm noch nicht genug, denn er gab ihr einen leichten Klaps auf den Oberschenkel. *Gott*, nur das kleinste Brennen und sie konnte ein Stöhnen nicht unterdrücken. Kühle Luft umwehte die Nässe ihrer Schamlippen.

Sie versuchte, sich auf die Geräusche um sie herum zu konzentrieren, und auszublenden, dass er die Spreizstange justierte: Western-Musik spielte; das tiefe Stöhnen eines Mannes; die hohen Schmerzensschreie einer Frau; der tiefe Befehlston eines Doms; die Lustschreie einer Frau, die ihren Höhepunkt erreichte. *Wie fühlt es sich an, wenn man alles um sich herum vergaß? Wenn es einem egal ist, wer einen hören kann?*

Virgil hatte die Spreizstange schulterbreit eingestellt, und befestigte beide Enden an den Fußfesseln. Sie versuchte, ihre Beine zu schließen – doch erfolglos. Die Stange hielt sie in der gespreizten Position. Entblößt. Verletzlich. *Oh Gott.*

Immer noch kniend strich er mit den Fingerspitzen von ihren Knöcheln zu ihren Schenkeln.

Ihr Atem stockte, als er ihre Pussy erreichte. Ihre Klitoris pochte. Sie lechzte nach seiner Berührung. Stattdessen wandte er sich ihrem winzigen Lederrock zu, hob den Saum und stopfte ihn in den Bund. Das wiederholte er auf der Rückseite. Dann zog er ihr den Tanga aus. Als er das

Material unter seine Nase hielt und ihren Geruch einatmete, schoss ihr das ganze Blut in den Kopf.

„Du riechst köstlich, nach Sonnenschein und Sex.“ Seine Hand umfing ihre entblößte Pussy und er entließ einen befriedigten Laut. „Rasiert und leicht zugänglich für meine Zunge.“

Wer hätte ahnen können, dass sie noch feuchter werden konnte?

Er richtete sich auf und füllte den Raum mit seiner einschüchternden Präsenz. „Jetzt deine Weste. Sei artig und nimm mir diese Aufgabe ab, okay?“

„Ich soll –?“ Sie verstummte und sagte lediglich: „Ja, Sir.“

Er musterte sie, Beine leicht gespreizt, Arme über der Brust verschränkt. Sein Blick erhöhte ihren Pulsschlag, verunsicherte sie ein bisschen, als sie an den Lederbändern rumfummelte. Dann öffnete sie das letzte Band und die Weste teilte sich.

„Du, meine Süße, hast großartige Brüste.“ Er half ihr mit dem Kleidungsstück, zog es ihr von den Schultern und umfasste ihre vollen Brüste. Seine Hände hatten die perfekte Größe! Und seine Berührungen glichen seiner Stimme – ohne jede Eile. Er erkundete ihre Brüste, knetete und massierte sie.

Von diesem Zeitpunkt an dauerte es nicht mehr lange, bis er endlich mit den Daumen ihre Nippel umkreiste. Die Empfindung wirkte sich direkt auf ihre Klitoris aus. Sie hob den Blick zu seinen Augen und sie sog scharf den Atem ein. Der Ausdruck in seinen blaugrauen Tiefen, so dominant und willensstark, stellte Dinge mit ihr an. Sie hatte das Gefühl auf dem offenen Meer zu treiben – zittrig atmete sie ein, und schaute dann wieder zu seinen sehnigen Armen und den gebräunten Händen auf ihrer blassen Haut.

„Sieh mich an, Süße." Mit einem Finger unter ihrem Kinn hob er ihr Gesicht zu seinem, nun hatte sie keine Wahl mehr als ihm, ihrem Dom, in die Augen zu sehen. Ohne den Blick von ihr abzuwenden, zwickte er ihr mit den Fingern der anderen Hand in den Nippel. Er übte genügend Druck aus, um ihre Vorliebe zu befriedigen, und rieb dann mit dem Daumen sanft über ihre aufgerichtete Knospe, um den Schmerz zu lindern. Dabei betrachtete er sie aus diesen intensiven Tiefen, die es schafften, in die Abgründe ihrer Seele vorzudringen.

Als er schließlich von ihr abließ, kochte das Blut in ihren Adern. Saß sie etwa in einer Sauna, oder war einfach die Klimaanlage beschädigt?

„Am frühen Abend habe ich dich mit einem anderen Dom gesehen. Du hast in seiner Gegenwart sehr abwesend gewirkt." Fragend zog er eine Augenbraue hoch. „Ist das richtig?"

Ihre Brüste waren geschwollen, ihre Nippel brannten und sie benötigte einen Moment, damit sie seine Worte verarbeiten konnte. Sie erinnerte sich daran, was Xavier zu ihr gesagt hatte – dass sie ihre Unterwerfung immer nur vorspielte. Daraufhin zog sie eine Grimasse. „Ähm, also." Xavier behielt recht. Zwischen ihr und ihren männlichen Dom-Freunden gab es keinerlei Anziehungskraft. Keiner von ihnen war in der Lage, ihr zu geben, was sie zwar fürchtete, jedoch brauchte wie den nächsten Atemzug. Sie hatten es nie geschafft, dieses unbändige Verlangen in ihr herauszukitzeln, sich unterwerfen zu wollen. Mit Virgil war es anders; bei ihm fühlte sie sich sexy und wunderschön.

Die aufglühenden, dominanten Flammen in Virgils Augen fütterten ihr Selbstbewusstsein.

Er zog weitere Fesseln aus der Tasche. „Gib mir dein Handgelenk, Summer."

Sie erschauerte und schwankte. Die Spreizstange hielt sie davon ab, einen Schritt zurückzutreten. Ihre Nervosität zeigte sich lediglich in der Art und Weise, wie sie auf ihrer Unterlippe herumkaute. Sie wollte Protest anmelden, und ihm verdeutlichen, dass Bondage zu ihren harten Grenzen gehörte.

Sein Blick war gelassen und geduldig.

Ohne groß nachzudenken, legte sie ihre Hand in seine. Während sich kühles Leder um ihre Handgelenke wickelte, verstärkte sich das Zittern in ihrem Körper – nicht aus Angst, nein, diesmal war es Erregung, die sich für ihn offenbarte.

Er schob einen Finger unter die Fesseln und testete, ob sie eng genug, aber nicht zu eng saßen. „Benutz dein Safeword, wenn du Angst bekommst, Süße."

„Mir geht's gut", hauchte sie.

„Ja, das tut es." Er küsste sie sanft auf die Lippen und führte sie zur Spanking-Bank. Sein durchdringender Blick traf ihren. „Diese Brüste, ich brauche mehr von ihnen“, sagte er. „Bring sie zu mir.“

Durch ihre Nippel schoss ein Blitz der Erregung. Am liebsten hätte sie laut gestöhnt. Dennoch rührte sie keinen Muskel, gab keinen Ton von sich. Einem seiner Befehle zu befolgen, war intensiver als bloß Sex mit ihm zu haben.

Seine nächsten Worte klangen gefährlich tief. „Ich warte, Summer.“

Ihre Füße reagierten, ohne dass sie darauf Einfluss hatte, und unter seinem autoritären Blick hob sie die Hände zu ihren Brüsten und bot sie ihm dar.

„Gut gemacht, meine Schöne.“ Eine Hand legte er auf ihren Po, während die andere sich auf ihrer linken Hand positionierte. Sein warmer Atem strich über ihren Nippel. Sie zählte, wie oft er ausatmete: einmal, zweimal, dreimal ... Von der subtilen Stimulation wurde ihr schwindelig vor Verlangen.

Dann kollidierten seine warmen Lippen mit ihrer harten Knospe und sie zuckte zusammen.

Er packte ihre Pobacke härter und umkreiste mit der Zunge ihren Nippel. „Mmmh.“ Seine tiefe Stimme war angereichert mit Befriedigung.

Als er den Blickkontakt suchte, versuchte sie, zurückzuweichen. „Nein, Summer. Nicht bewegen.“ Er stoppte und sah sie fragend an. „Warum willst du nicht, dass ich mich an deinen Brüsten erfreue?“

Die direkte Frage überraschte sie. „Ähm.“ Wenn sie ihm jetzt sagte, dass sie sich sehr wohl danach sehnte, würde er ihr nicht glauben; schließlich war sie zurückgewichen. Und wenn sie ihm sagte, dass sie daran keinen Gefallen fand, würde er ihr auch nicht glauben. Ein Blinder mit Krückstock konnte sehen, welche Reaktion er auf sie hatte, und dieser Mann, dieser Dom, sah einfach alles!

„Summer?“ Seine ruhige Stimme riss sie aus ihren Gedanken, wie eine Stromschnelle in einem reißenden Fluss.

„I-ich bin es gewohnt, dass ein Dom sich nimmt, was er braucht. Mich dir freiwillig anzubieten, fühlt sich ungewohnt an.“

„Ich verstehe. Süße, heute Abend wirst du mir noch einiges mehr von dir anbieten als nur deine Brüste.“ Er klang sehr überzeugt.

Bei diesem dunklen Versprechen entließ sie zittrig den Atem.

Wieder senkte er den Kopf und umschloss mit seinen heißen Lippen ihren Nippel. Er saugte die Spitze hart in seinen Mund und sie konnte einen Schrei nicht unterdrücken. Jeder Schlag seiner Zunge, jedes Knabbern seiner Zähne hatte Einfluss auf ihre Klitoris.

Als er den Kopf hob und sich aufrichtete, nahm sie die Hände von ihren Brüsten. „Na aber, Baby. Nicht bewegen“, knurrte er. Sie zuckte zusammen und zögerte keinen Augenblick, um seinem Befehl Folge zu leisten.

„Oh, so fügsam. Braves Mädchen.“ Sein Kompliment erfüllte sie mit unbändiger Freude.

Dann berührte er sie zwischen ihren Schenkeln.

Endlich! Obwohl sich ihre Pussy seit ihrem ersten Blick auf ihn auf die Berührung gefreut hatte, zuckte sie erneut zusammen. „Halt still, Sub.“ Er schob einen Finger zwischen ihre Schamlippen und glitt durch ihren Nektar direkt zu ihrer Klitoris.

Oh Gott. Es fühlte sich überwältigend an. Sie musste die Augen schließen. Ihre Nippel, die von seinem Mund feucht und geschwollen waren, kribbelten und pulsierten. Sie hatte noch nicht herausgefunden, wie sie mit den derzeitigen Empfindungen umgehen sollte, da drang er schon mit einem Finger in sie ein. Ihre Knie bebten. *Mehr.*

Sie öffnete ihre Augen und sah ihm direkt in sein abschätzendes Gesicht.

In ihrem Bauch entstand ein unmissverständliches Flattern. „Ich –“

„Sei ruhig.“ Während sein Finger sie von innen erkundete, machte sich sein Daumen an ihrer Klitoris zu schaffen. Er umkreiste das Nervenbündel, bis der Druck in ihr nicht mehr zu bändigen war.

Kurz vor dem unvermeidlichen Höhepunkt riss er die Hand weg. Sie wimmerte, brannte vor unerfüllter Begierde. „Du bist eine wundervolle Sub, Summer. Deine Reaktionen stellen mich sehr zufrieden.“ Er half ihr auf die Spanking-Bank und verknüpfte die Handfesseln hinter ihrem Rücken.

Sie erstarrte. „Nein, bitte nicht. Ich will nicht, dass meine Hände gefesselt sind.“

„Doch. Tust du.“ Er legte seine Hände auf ihre Schultern und massierte sie; langsam verschwanden ihre Verspannungen. „Gefesselt zu werden, macht dir Angst. Aber du willst es, brauchst es. Sogar als unerfahrener Dom kann ich dir das ansehen, Süße."

War sie so einfach zu durchschauen? Frustriert schloss sie die Augen. Sie kannte ihn erst seit wenigen Stunden. Wie war es möglich, dass er sie besser lesen konnte als jeder andere in diesem Club?

„Summer, atme." Sie holte tief Luft und er rieb mit seinen Händen über ihre Arme, dabei ließ sie es sich nicht nehmen, die Fesseln zu testen. Seine Berührungen beruhigten sie. Ihr Körper und ihr Verstand ließen sich auf seine Dominanz ein. Es war so lange her, dass sie jemandem auf eine Weise vertraut hatte, um die Kontrolle vollständig abzugeben. „Besser?", fragte er sanft.

„Ja, Sir." Er hatte auf ihre Ängste Rücksicht genommen, ohne sich erweichen zu lassen. Genau diese Entschiedenheit hatte sie gebraucht.

Er zog etwas aus der Tasche. „Dass Simon mir diese Tasche gegeben hat, war sehr nett von ihm. Mal sehen, was wir damit alles anstellen können." Er trat vor die Spanking-Bank und sie konnte sehen, wie amüsiert er war. Er öffnete eine Packung mit Nippelklemmen. „Ich nehme an, dass du damit bereits Erfahrung hast?"

Oh Gott, sie war so erregt, und fragte sich, wie sie noch mehr aushalten sollte! Ihre Klitoris pulsierte im Rhythmus mit ihrem Herzen.

„Summer?"

„Ja, Sir", flüsterte sie.

„Inzwischen weiß ich, dass es mir gefällt diese Art Schmuck an den Nippeln einer Frau zu bewundern.“ Er zwickte mehrere Male in ihre rechte Knospe, befestigte die Klemme und drehte seitlich an der kleinen Schraube, bis sich Schmerz in ihren Lustcocktail mischte. Sie gab alles, um bei der erregenden Empfindung nicht die Augen zu schließen.

Er spannte den Kiefer an. „Du hältst noch mehr aus“, registrierte er, und stellte die Klemme noch ein wenig enger ein.

Sie winselte.

„Atme, Summer. Tief einatmen, bis der Schmerz nachlässt.“

Das wusste sie natürlich, doch nur seine tiefe Stimme konnte ihr dabei behilflich sein, sich zu beruhigen. Ein paar Sekunden später war aus dem beißenden Stechen ein dumpfes Pochen geworden.

„Braves Mädchen. Kommen wir zum anderen Nippel.“

Oh je, zwei Klemmen erhöhen die Empfindung und somit den Schmerz. Sie wollte ihn wegschubsen, die Klemme abziehen ... sie versuchte, eine Hand zu heben, doch zwecklos, vergeblich. Sie war gefesselt. Wie hatte sie das vergessen können? „Virgil, bitte nicht.“

Er streichelte ihre Wange. „Tief einatmen, Baby. Für mich. So ist’s gut. Das ist mein Mädchen.“ Er hatte die Augenbrauen zusammengezogen und presste die Lippen fest zusammen.

Er sah ihr direkt in die Augen und das Brennen ließ

nach. Jetzt wurde ihr bewusst, wie sehr sie sich danach sehnte, zu kommen. Ihr Körper verarbeitete die Information und fing an, heftig zu beben. *Oh Gott.*

Verdammt. Du magst Schmerz mehr, als du zugibst." Eine Feststellung, die er in seinem tiefen Tonfall traf. Er strich sanft über ihre Wangenknochen. „Es ist an der Zeit, dass du dich vorbeugst."

Auf der unteren Stufe der Bank kniend lehnte sie sich vor. Er führte sie, bis sie mit den Rippen auf dem quadratischen Polster ihre Position gefunden hatte und ihre schweren Brüste verlockend schwangen. In dieser Stellung schienen sich die Klemmen noch verbissener in ihre Nippel zu bohren. Jeder Atemzug ließ einen erregenden Blitzschlag zu ihrer Klitoris schießen.

Er seufzte zufrieden und streichelte sacht über ihr Haar. „Der Schmerz macht dich noch heißer für mich, stimmt's?"

„Ja, Sir", konnte sie nur unter höchster Konzentration sagen. Der unaufhaltsame Lustnebel breitete sich in ihrem Verstand aus.

„Warum verdammt macht mich das hart? Zu sehen, wie du den Schmerz aushältst, den ich dir zufüge", murmelte er. Er zog ein Holzpaddel aus seiner Tasche und positionierte sich hinter ihr. „Ich werde dich nicht mitzählen lassen. Stattdessen werde ich einfach solange fortfahren, bis ich denke, dass du genug hast."

Oh. Mein. Gott. Noch nie in ihrem Leben war sie so erregt gewesen, sie bebte am ganzen Körper. Die Art, wie er mit ihr umging, mit ihr sprach, sie beobachtete, sie kommandierte, fühlte sich wie ein unsichtbares Band an, das direkt zu ihrem Geschlecht verlief. Jetzt verstand sie, warum Xavier meinte, dass sie bei anderen Doms nicht wirklich anwesend war und ihr Verlangen nur vorspielte.

Er packte ihre Pobacken und knetete ihren Hintern. „Ich liebe deinen Arsch, Baby. So weich und rund." Als seine Finger um sie herum und zwischen ihre Schenkel wanderten, wurde sie daran erinnert, wie feucht sie war. Sie entließ ein verzweifeltes Stöhnen und wimmerte, als er die Hand zurückzog.

Etwas Kaltes und Flaches rieb über ihren Po. Das Paddel. Er teilte ein paar Klapse aus, die nicht wehtaten.

Verstand er das unter einem Spanking? Enttäuschung kühlte ihre Erregung ab und stirnrunzelnd schaute sie über ihre Schulter.

Sein Kiefer war angespannt und die Sehnen in seinem Unterarm traten hervor, als er das Paddel fester packte. Seine Erektion war offensichtlich und er fand ihren Blick. Von ihrem Gesicht ließ er die Augen über ihren Körper schweifen und sein rechter Mundwinkel zuckte. „Also gut, Baby."

Für eine lange Zeit zögerte er, dann holte er aus und schlug zu. Diesmal war es kein zarter Klaps; die Stelle brannte. Ein Brennen, das sich gut anfühlte! Schmerz folgte auf Lust; sie sog scharf den Atem ein. Dann senkte sie ihren Kopf und entließ ein befriedigtes Stöhnen.

Er grunzte, als hätte er sich selbst einen Hieb verpasst, und fuhr dann fort. Mit jedem Schlag schmerzte es mehr.

Exponentiell stieg der Druck in ihrer Pussy an und so näherte sie sich unaufhaltsam dem Höhepunkt.

Nach einer Weile stoppte er, um mit der Handfläche das Brennen zu lindern. Von ihrer erhitzten Haut wanderte er mit den Fingern zwischen ihre Schenkel und fand ihre feuchten Falten. „Du bist so feucht, Summer." Mit der anderen Hand hingegen zog er sie am Kinn zu sich. „Und du verlangst nach mehr", sagte er gedehnt, während er mit dem Daumen über ihren Kiefer rieb und sie mit seinem Blick fixierte „Also gut, dann machen wir weiter."

Er ließ sie los und positionierte sich erneut hinter ihr. „Die nächsten fünf Schläge sind dafür, dass du dich gegenüber Xavier und Simon unhöflich verhalten hast." Er schlug so heftig zu, dass ihr die Tränen kamen. Jedes Mal, wenn er mit dem Paddel auf ihren Po schlug, schwangen ihre Brüste unter ihr. Auf diese Weise erregten die Klemmen wieder ihre Aufmerksamkeit und trieben ihre Begierde weiter an.

Ihr schwirrte der Kopf und alles um sie herum verschwamm. Jetzt zählte nur noch das Paddel auf ihrem Po, das pulsierende Gefühl zwischen ihren Beinen, und das Brennen in ihren Nippeln. Fühlen war angesagt.

Die nächste Pause kam. Abermals berührte er sie zwischen den Schenkeln, an dem Ort, wo sie förmlich tropfte. „Fuck, du liebst es. Und ich habe noch nie etwas derart Schönes beobachtet", sagte er so laut, dass es sogar durch ihren Lustnebel drang. Die neckende Berührung an ihrer Klitoris verstärkte das Feuer in ihr bis zu dem Punkt, dass sie nicht mehr wusste, wie sie das köstliche Inferno noch länger zurückhalten sollte.

Als er seine Hand wegnahm, stöhnte sie. Es hatte nicht mehr viel gefehlt.

Nun ging er wieder dazu über, sie zunächst mit leichten Klapsen zu necken, dann, nach einer sich endlos anfühlenden Pause, legte er mehr Kraft in die Schläge: härter und schmerzhafter setzte er ihr zu, so, dass sie den Kerker mit einem berauschenden Widerhall ausfüllten. Zusammen mit den Klemmen durchfuhr sie ein einziger Stromschlag aus Empfindungen, die sich am Ende an einer Stelle bündelten: direkt zwischen ihren Schenkeln.

So nah. *Schlag mich. Berühr mich* ... Sie streckte ihm ihren Po entgegen und wartete voll freudvoller Erwartung ...

Er stoppte, der Bastard stoppte! Mit der rechten Hand packte er ihre Pobacke und sie quietschte. *Oh Gott, es brennt so gut!* Die andere Hand fand ihre Pussy.

Summer rieb sich gierig daran. „Bitte“, winselte sie. Sie wollte ihre Schenkel aneinanderpressen, selbst Hand anlegen, irgendetwas tun, um sich verdammt nochmal Befriedigung zu verschaffen! Doch sie war gefesselt, ihre Beine gespreizt, nichts konnte sie tun. „Mehr“, presste sie heraus.

„Du wirst mehr bekommen ... aber wir machen das auf meine Weise, nicht auf deine.“ Er wandte sich dem erregenden Folterwerkzeug und ihrem brennenden Hintern zu. Jeder Hieb war kraftvoller als der davor. Er wechselte zwischen den Pobacken, und zur Abwechslung gab er ihr manchmal Hiebe auf die Unterschenkel. Schmerz verwandelte sich in rohe Empfindungen – Schock, dann Brennen, und schließlich unbändige Lust. Indem sie ihren Hintern in die Höhe streckte, flehte sie ihn wortlos nach mehr an. Das Blut rauschte in ihren Ohren und übertönte sogar ihr unkontrolliertes Stöhnen.

Er trat einen Schritt näher. Seine freie Hand landete auf ihrem Bauch und wanderte zu ihrer Pussy. Jetzt rieb er bei jedem Schlag gleichzeitig über ihre geschwollene Klitoris.

Ihr gesamter Körper spannte sich an, als der Druck in ihr ins Unermessliche stieg ...

Erbarmungslos teilte er Schläge auf ihren Po aus. Schmerz und Lust bildeten eine erotische Mischung. Nach dem nächsten gewaltigen Hieb stoppte er plötzlich jede Bewegung.

„Oh Gott, oh Gott, oh Gott."

Der nächste Schlag kam nicht ... kam einfach nicht ... Stattdessen zwickte er in ihre Klitoris, so hart, dass sie schrie.

Das Paddel kam erneut zum Einsatz, kollidierte mit ihrer rechten Pobacke.

Schmerz durchfuhr sie, während sich sein Finger auf das Nervenbündel zwischen ihren Schenkeln konzentrierte. Alles in ihr spannte sich an. Ihr Körper sandte Empfindungen aus, die jede Zelle in Flammen setzte. Endlich! Der Orgasmus jagte durch sie hindurch, sie bäumte sich auf und er packte mit einer Hand ihre Hüfte.

Doch er war noch nicht fertig mit ihr: Mit seinen Fingern glitt er durch ihre Nässe, direkt zum Eingang ihres feuchten Geschlechts. Dort tauchte er tief in sie ein und fickte sie.

Die Empfindung brachte sie zum zweiten Höhepunkt. „Oh Gott, nein!“

Er lachte und rieb ihr über den brennenden Po. „Oh ja, Summer. Gott, wenn du dich nur sehen könntest.“ Sein jeansbedeckter Schritt rieb über ihr Bein. Seine Anwesenheit, seine Nähe beruhigte sie auf eine Weise, so dass sie sich vollkommen dem Orgasmus und seinen Nachwirkungen hingeben konnte. Sie bebte, wimmerte, Schweiß bedeckte ihren Körper und ihr Herz hämmerte so heftig, dass sie befürchtete, es würde ihr aus der Brust springen.

„Wunderschön, wie du gekommen bist.“ Er streichelte sie für eine Weile, ließ sie zu Atem kommen, und flüsterte ihr dabei süße Worte ins Ohr.

Damit gab er ihr Bestätigung und Sicherheit. Ganz erklären konnte sie es nicht, aber die Orgasmen mit ihm hatten sie auf eine Weise für eine andere Person geöffnet, die sie niemals für möglich gehalten hätte. Für einen Mann, den sie nicht kannte. Seine Zuneigung, die er mit jeder Berührung zeigte, und das Verlangen, sie zu halten, konnten doch nicht wirklich echt sein, oder?

Sie wusste nicht, was sie denken sollte. Ihre Gefühle fuhren Achterbahn und sie reagierte, indem sie an ihren Fesseln riss. Sie musste die Fesseln loswerden, aufstehen und ihre Kontrolle zurückerlangen. Vor allem aber musste sie von hier verschwinden! Dann erinnerte sie sich daran, dass er noch nicht zur Erlösung gefunden hatte.

„Ganz ruhig.“ Zu ihrer Überraschung nahm er ihr Gesicht zwischen seine großen Hände und küsste sie, und wie er das tat: Zärtlich, weniger hungrig und leidenschaftlich, so dass sie am liebsten in Tränen ausgebrochen wäre. Mit seinen Lippen gab er ihr zu verstehen, dass er mehr von ihr wollte. „Danke, meine Süße.“

Als er sie losließ, seufzte sie. Mit seiner Gestik hatte er es geschafft, ihre Panikattacke zu stoppen.

„Besser“, murmelte er. „Und jetzt mach dich bereit, Baby. Ich bin Zeuge davon geworden, was Klemmen anrichten können.“ Er entfernte die Erste.

Blut strömte in ihren Nippel zurück und der sengende Schmerz traf sie wie ein Peitschenhieb. Sie schnappte nach Luft.

„Die zweite.“ Er nahm die andere Klemme ab und ... *oh Gott!* Tränen stiegen ihr in die Augen und sie riss verzweifelt an den Fesseln, die ihre Arme hinter dem Rücken fixiert hielten.

„Ganz ruhig, Summer.“ Jetzt entfernte er die Spreizstange an den Knöcheln und löste zu guter Letzt die Fesseln an ihren Handgelenken.

Endlich konnte sie ihre Hände auf die schmerzenden Brüste legen. Sie hatte völlig verdrängt, wie weh es tat, Nippelklemmen abzunehmen.

Zwei Minuten vergingen, bevor aus dem Brennen ein leichtes Pulsieren wurde, das erträglich war. Sie entließ einen erleichterten Seufzer und erst jetzt konnte sie sich wieder auf ihn konzentrieren. Ihr Blick fand den seinen, und ... er beobachtete sie aufmerksam. Okay, es war an der Zeit, den Gefallen zu erwidern. Ihre Augen senkten sich auf seinen Schritt und zu der riesigen Beule, die sich unter dem Jeansstoff verbarg. „Kann ich etwas für dich tun?"

„Vielleicht später." Er zog eine weiche Decke aus der Ledertasche und legte sie ihr um die Schultern. „Ich möchte erst alles reinigen, was wir benutzt haben. Bestimmt haben sie hier Reinigungsmittel."

„Ich kann dir helfen." Auch wenn das mit ihren Beinen, die sich wie Wackelpudding anfühlten, schwierig werden würde. Etwas, das sie nicht überraschte; schließlich war sie noch nie so hart gekommen. Sie würde ein paar Minuten brauchen, um sich wieder zu fassen. In der Zwischenzeit sah sie sich um: Simon und Xavier standen in der Nähe und unterhielten sich, dabei hatten sie stets ein waches Auge auf die Sessions. Xaviers dunkler Blick traf den ihren und ein wissendes Lächeln huschte über seine ernsten Gesichtszüge.

Hatte er sie absichtlich mit Virgil zusammengebracht?

Verunsichert drehte sie sich weg, griff nach dem Desinfektionsmittel und ein paar Papiertüchern, um die Spanking-Bank abzuwischen. Virgil hingegen desinfizierte das Equipment und packte es zurück in die Tasche.

Da kann ich mich genauso gut auch wieder anziehen, dachte sie sich. Als sie ihre Klamotten nehmen wollte, rutschte ihr die Decke von den Schultern, und gleich darauf hörte sie ein Schnauben. Sie zuckte zusammen.

„Nicht so schnell, meine blonde Schönheit." Er riss ihr

die Kleidung aus der Hand und hob sie so ruckartig in seine Arme, dass ihr schwindelig wurde.

„Lass mich runter!“

„Ich denke gar nicht dran.“ Er hielt sie an seine nackte Brust gepresst und rieb seine Wange an ihren Haaren. „Ich genieße es viel zu sehr, dich herumzutragen.“

Sein Duft ähnelte frisch gewaschener Wäsche im Sommer, gerade von der Leine abgenommen kam sie mit einem Hauch von männlicher Seife und Aftershave daher. Sie konnte nicht widerstehen und fuhr mit ihren Fingern durch sein sandfarbenes Haar. Der kurze und konservative Schnitt stand in einem starken Kontrast zu seiner dunklen Natur, dabei erinnerte sie der dicke und samtweiche Griff an das Fell von Marks Husky. Es gab jedoch einen gravierenden Unterschied: Ihr machte es deutlich mehr Spaß durch Virgils Haare zu wuscheln.

Sie konnte die Finger nicht von ihm lassen, und ausgehend von den Grübchen, die sich auf beiden Wangen zeigten, war ihm das nicht entgangen.

Gut, dachte sie, denn auch ihr gefiel es, ihn zu berühren.

Er fand eine ruhige Ecke. Hier stellte er die Ledertasche neben einem Sessel ab, legte ihre Kleidung darauf und setzte sich mit ihr in den Armen hin.

Ihr brennender Po landete auf seinem Schoß und sie zuckte zusammen. Warum befahl er ihr nicht, sich zwischen seinen Schenkeln hinzuknien? Ihre Atmung beschleunigte sich, denn sie befürchtete, dass sie einem weiteren Spanking bevorstand. Welchen Grund gäbe es sonst, sie auf dem Schoß zu platzieren? „Sir, bitte, ich will kein Spanking."

„Hatte ich auch nicht vor", sagte er und drapierte ihr eine Decke um die Schultern. „Ich denke, für heute hat dein hinreißender Hintern genug. Es sei denn, du verärgerst mich." Für eine Weile musterte er sie und sagte dann: „Zuerst denkst du, dass ich nur Sex von dir will. Dann hast du Angst vor einem Spanking. Summer, hast du jemals nach einer Session mit einem Dom geredet?"

„Ähm, nicht oft."

„Und wessen Schuld war das?" Sein Ton klang nicht beschuldigend – weder gegen sie noch gegen die Männer. Er war einfach neugierig.

„Na ja, ich denke ... also, ich bin nicht der emotionale Typ. Meistens gehe ich nach einer Session einfach nach Hause."

„Also hatten deine bisherigen Doms niemals die Chance, danach mit dir ein Pläuschchen zu führen." Er schwieg eine Minute. „Was mir an diesem Lifestyle gefällt, ist die Tatsache, dass beide Partner aufgefordert werden, offen miteinander zu sprechen. Erst in den letzten Monaten ist mir aufgefallen, wie ich bei Ex-Freundinnen Dinge vorausgesetzt habe, ohne mir ihre Sichtweise anzuhören. Das möchte ich ändern. Wir werden uns jetzt hübsch unterhalten, Baby."

Sie blinzelte verdutzt. Er wollte wirklich mit ihr reden? Sicher, sie hatte beobachtet, wie Paare nach den Sessions auf den Sesseln saßen, die überall verteilt standen. Diesen

Umstand hatte sie allerdings immer darauf zurückgeführt, dass die Subs beruhigt werden mussten. „Es geht mir gut, weißt du. Fühl dich nicht dazu gezwungen, mit mir zu reden."

„Ich fühle mich nicht dazu gezwungen." Mit seinen Fingerknöcheln rieb er sanft über ihre Wange. „Verdammt, deine Haut ist so weich. Ich kann meine Finger einfach nicht von dir lassen."

Okay, das kann einen schon zum Dahinschmelzen bringen.

„Was gefiel dir an unserer Session?", fragte er.

Sie errötete.

Seine Hand umschloss sanft ihren Kiefer, was sie davon abhielt, den Kopf wegzudrehen.

„Also, ähm, alles?"

Er schmunzelte. „Sehr hilfreich, Süße. Lass uns mal Revue passieren: Du magst Nippelklemmen. Hätte ich sie noch enger machen sollen?" Zur Illustration schob er seine Hand unter die Decke und umfasste ihre Brust. Als er in ihren Nippel zwickte, erfasste sie eine Welle des Schmerzes und der Lust.

„Antworte mir."

„Zuerst dachte ich, sie seien zu eng, doch sie waren genau richtig." Als sie nicht fortfuhr, zog er erwartungsvoll eine Augenbraue hoch. „Das Paddel mochte ich. Ich denke sogar, dass du mich noch härter hättest schlagen können, aber ich ..."

Er lachte sie nicht aus. Ganz im Gegenteil: Er hörte ihr aufmerksam zu und musterte sie. Sie senkte den Blick auf ihre Hände und gab flüsternd zu: „Noch nie in meinem Leben hatte ich so intensive Orgasmen und habe mich so ...“ *Komplett gefühlt.* „Es war wundervoll.“ Wenn einer ihrer Kumpels sie zum Höhepunkt brachte, hatte sich das nie so befriedigend angefühlt wie mit Virgil. Es hatte sich nett angefühlt, keine Frage, doch am Ende hatte nichts davon einen bleibenden Eindruck hinterlassen.

Er schob einen Finger unter ihr Kinn und zwang sie dazu, ihm in die Augen zu sehen. „Simon kennt dich. Daraus schließe ich, dass du heute nicht zum ersten Mal im Dark Haven bist. Was war an unserer Session anders als an denen davor?“

„Wieso habe ich dich hier noch nie gesehen?“

„Ich wohne nicht hier.“ Er wiederholte: „Beantworte meine Frage: Was war anders?“

Er verdiente die Wahrheit. „Du hast meine Grenzen ausgetestet.“ Sie presste die Lippen aufeinander. Hatte sie ihm das wirklich gerade gebeichtet?

Abermals reagierte er mit einer hochgezogenen Augenbraue. *Erzähl mir mehr.*

Sie seufzte und gab zu: „Du hast mich gezwungen; ich hatte keine Wahl und ich ... Es ist anders, weil ich fühlen konnte, dass du die Kontrolle hattest.“ Außerdem hatte er ihre Ängste gelindert. Sein überwältigendes Selbstvertrauen und seine Autorität, zusammen mit seinem Humor, hatte sich als perfekte Mischung herausgestellt. *Verdammt, ich mag ihn.*

Das Problem: Ihre Erfahrung bewies, dass sie kein

Talent dazu hatte, gute Männer von bösen Männern zu unterscheiden. Sie sollte nach Hause gehen. Jetzt. Sofort. Um nachzudenken. Ein schriller Schrei von einer Session in der Nähe ging ihr durch Mark und Bein und bestärkte sie in ihrem Entschluss. Jetzt. Sofort. Verschwinden.

Sie machte Anstalten, von seinem Schoß herunterzurutschen, aber sein Arm wickelte sich fester um ihre Taille und zog sie an seinen Körper zurück. „Nicht bewegen, kleine Sub“, murmelte er bedrohlich. „Was ich deinen Worten entnehme, ist, dass es dir gefällt, wenn man deine Grenzen austestet, solange du dich sicher fühlst. Du magst Schmerz bis zu einem gewissen Grad, Spankings machen dich heiß, die Nippelklemmen verstärken das Gefühl und es hat dir gefallen, wie hart du gekommen bist.“

Es laut auszusprechen, klang furchtbar pervers. „Ich will nicht mehr darüber reden.“

Er küsste sie auf die Nasenspitze. „Wenn man bedenkt, dass ich dich überall an deinem Körper berührt habe und meine Finger in dir hatte, ist es leicht amüsant, dass es dir peinlich ist, im Nachhinein darüber zu reden.“

Sie fühlte, dass sie errötete.

„Eine schüchterne Sub, die gerne in der Öffentlichkeit spielt. Interessant.“ Er schien nicht oft zu grinsen, doch wenn er es tat, dann haute es sie um. *Einfach umwerfend.* „Hast du Fragen an mich?“

Sie war noch mit den Auswirkungen seiner Direktheit beschäftigt. Bei der Erinnerung an das Gefühl seiner Finger in ihr schaltete sich ihr Verstand ab.

„Also gut, ich werde dir trotzdem antworten: Ich hätte nicht gedacht, dass es mir gefallen würde, dir ein Spanking zu verpassen. Doch das hat es. Es hat mir große Freude bereitet, mit dir zu spielen und dich zum Höhepunkt zu bringen. Es würde mir gefallen, wenn wir das wiederholen könnten." Mit dem Daumen zeichnete er ihre Unterlippe nach. Ihr Mund teilte sich unaufgefordert und er tauchte ein.

Kraftvoll. Schwielig. Sie wirbelte mit der Zunge um ihn herum, saugte an dem Daumen und stellte entzückt fest, dass sich seine Pupillen weiteten.

„Ich bezweifle, dass du vor den Augen all dieser Leute Sex haben willst, Summer. Begleite mich in mein Hotel. Dort können wir unbeobachtet Spaß haben."

Sie wollte mit ‚Ja' antworten. Doch die Angst, wie so oft, machte ihr einen Strich durch die Rechnung. Kopfschüttelnd schob sie seine Hand weg. „Nein. Ich spiele niemals außerhalb des Clubs. Niemals. Unter keinen Umständen."

„Unter keinen Umständen", wiederholte er. „Hat das etwas mit der schlimmen Erfahrung zu tun, die Simon erwähnt hat?"

Sie erstarrte. „Ich will nicht darüber reden."

„Das fasse ich als ein ‚Ja' auf." Er zog sie näher an sich, was es für sie unmöglich machte, zu fliehen. „Du bist fast so einfach zu durchschauen wie meine Cousine."

„Ich muss jetzt gehen."

„Weib, du gibst mir noch einen Komplex, wenn du

ständig versuchst, vor mir davonzurennen." Seine Stimme wurde hart. „Nicht. Bewegen."

Oh Gott. Seine Stimme! Wieso musste er nur über diese tiefe, kommandierende Stimme verfügen, die jeden Widerstand in ihr auslöschte?

„Wir hatten Spaß zusammen – sehr viel Spaß. Und du magst mich." Er machte eine Pause und wartete auf ihre Reaktion. Sie nickte widerwillig. „Du lehnst es ab, mich zu begleiten, doch gehe ich richtig in der Annahme, dass du die Session von heute genauso gerne wiederholen möchtest wie ich?"

KAPITEL VIER

V**irgil wartete und** betete, dass er geduldig blieb. Um sie herum war der Kerker mit Leben angefüllt, die Atmosphäre war dunkler geworden und die meisten Subs waren jetzt vollkommen nackt.

Die Sekunden verstrichen, wurden zu Minuten, bis die kleine Sub endlich nickte. Er konnte nicht in Worte fassen, wie glücklich ihn das machte. In seinen jüngeren Jahren war er mit so vielen Mädchen zusammen gewesen. Sein Vater hatte seine Art verabscheut, doch hatte er in der Zeit auch einiges gelernt. Er wusste genau, wann eine Frau Interesse an ihm hatte. Bei Summer war das eindeutig der Fall. Sie hatten in kürzester Zeit eine Verbindung zueinander aufgebaut – noch bevor er sie mit dem Paddel zum Höhepunkt gebracht hatte. Nie hätte er damit gerechnet, dass sie durch die Session ihre Verbindung sogar stärken würden. Doch genau das war passiert. Schmerz und Sex – eine explosive

Mischung. Wenn er den Lifestyle beibehalten wollte, musste er noch viel lernen.

Aber sie vertraute ihm – zumindest bis zu einem gewissen Grad. Vorsichtige, kleine Sub. Sie erinnerte ihn an ein scheues Fohlen. Er bezweifelte, dass sie vielen Männern ihr Vertrauen schenkte. Was war ihr in der Vergangenheit zugestoßen? „Was würdest du sagen, wenn ich dich um ein Date bitten würde?“

„Nein.“

Das tat weh. „Verabredest du dich jemals mit Männern?“

„Nicht mit Doms.“

Okay, er kam ihrem Geheimnis näher. Anscheinend hatte ein Bastard von einem Dom ihr Leid zugefügt. *Also keine Dates?* Er strich mit seinem Finger über die hinreißenden Sommersprossen auf ihrer Wange. *Okay*, er hatte sowieso kein Interesse an einer Beziehung. Und schon gar nicht mit einer Frau, die mehrere Stunden von Bear Flat entfernt lebte. Er war nur für eine Nacht in der Stadt, morgen ging es wieder nach Hause, um die Pläne für das Gewächshaus neben der Scheune in Gang zu bringen. Montag musste er wieder zur Arbeit. Vermutlich würde er diese bezaubernde Sub nie wiedersehen.

Der Gedanke versetzte ihm einen Stich ins Herz und bestärkte ihn in seinem Entschluss, mehr Zeit mit ihr zu verbringen. „Also gut. Wir wollen beide mehr, aber du willst den Club dafür nicht verlassen. Ist das richtig?“

„Ja.“ Sie hatte eine verführerische, melodische Stimme,

nicht tief oder heiser, sondern wie ... ein schnurrendes Kätzchen. Vermutlich musste sie nur aus dem Telefonbuch vorlesen und die Kerle würden Schlange stehen.

„Dann bleiben wir hier und spielen ein bisschen. Hast du etwas gegen einen privaten Raum?"

Sie biss sich auf die Unterlippe. Ein Zeichen dafür, dass sie mit sich selbst einen Kampf ausführte. Allein von seinen Küssen und ihrem nervösen Tick war ihre Lippe geschwollen. Sinnliche, kleine Sub. Er zog sie zu sich und küsste sie zärtlich. Nun war er an der Reihe, an ihrer Unterlippe zu knabbern. Samtweich. Warm. Verdammt verlockend. Er konnte nicht widerstehen und vertiefte den Kuss, tauchte mit der Zunge in ihren Mund und stellte Besitzansprüche. Sein Schwanz war eifersüchtig auf seine Zunge; er wollte auf die gleiche Weise in ihre Pussy eindringen. Was würde sie ihm gestatten? Was wollte er tun?

Fuck, er wollte alles mit ihr ...

Nach einer Weile lehnte er sich zurück. Sie hatte ihre Arme um seinen Hals gewickelt, ihre Augen auf halbmast. Wieso fühlte sich das nur so richtig an? „Wir brauchen einen Raum, Summer."

Sie blinzelte. „Vielleicht einer von den Themenräumen? Sie haben zwar Fenster, die auf den Flur zeigen, aber dort befinden wir uns nicht auf dem Präsentierteller."

„Das klingt nach einem Plan."

Er half ihr auf die Füße und er konnte ihr ansehen, wie nervös sie war. „Du wirst mich nicht knebeln, oder?", fragte sie zögerlich.

Was zur Hölle hatte das Arschloch mit ihr angestellt? „Nein, Baby, werd' ich nicht."

Er stand auf und hielt ihr seine Hand hin. Dass sie mutig genug war, ihre Hand in seine zu legen, machte ihn stolz. Sie hatte nicht die langen, schlanken Finger einer Pianistin. Ihre Finger waren kurz, ihre Hände fürs Arbeiten gemacht. Das gefiel ihm.

Am anderen Ende des Kerkers stoppte Summer vor einer Tür mit einem Glasfenster und sah hinein. „Der Raum wird nicht genutzt."

Ein Raum mit einer Tür. Faszinierend. „Scheint mir privat genug zu sein."

„Ähm." Mit rotem Kopf wies sie auf die kleinen Löcher in der Wand. „Das ist der viktorianische Themenraum. Er hat Gucklöcher für Voyeure."

Meine Fresse. „Dann wollen wir mal einen Blick riskieren." Er öffnete die Tür und führte sie rein. Der Raum kam im Stil eines Bordells aus dem achtzehnten Jahrhundert daher: Die Blumentapete in einem dunklen Rot korrespondierte in erregender Weise mit den farblich passenden orientalischen Teppichen. Das Himmelbett bot dabei genug Raum für Kreativität, die durch die Ketten am Bettgestell noch angeregt wurde. Die Vorhänge am Gestell gaben ihm ein wenig Hoffnung, doch er erkannte schnell, dass sie nur der Atmosphäre dienten, denn schließen konnte man sie nicht. So viel zum Thema Privatsphäre.

Dann schaute er zu Summer. Offensichtlich sah sie den Raum mit anderen Augen. Die Farbe war ihr aus dem

Gesicht gewichen und ihre Hände umklammerten krampfhaft die Decke, die sie umhüllte.

„Ist das zu privat für dich, Summer?"

Sie atmete langsam ein; beim Ausatmen hatte er wieder seine mutige Sub vor sich. „Es geht schon."

Er zögerte. Sollte er hier drin fortfahren? Vielleicht. Durch ihre gemeinsame Zeit am heutigen Abend hatte er sich ihr Vertrauen stückweise erarbeitet. Sie schien es zu mögen, dass er ihre Grenzen austestete. Das durfte er nicht vergessen. Diesen Raum zu betreten, war der nächste Schritt gewesen. Er musste nur darauf achten, dass er es mit der Grenzwanderung nicht übertrieb.

Er stellte die Ledertasche auf der Matratze ab und schenkte ihr ein Lächeln. „Hüpf aufs Bett, Süße. Es gibt so viel, was ich mit dir machen will."

Selbst in dem dämmrigen Licht konnte er sehen, wie sich das helle Blau ihrer weit aufgerissenen Augen in ein anziehendes Indigoblau verwandelte. Vorfreude auf das Kommende ... und Unterwerfung konnte er darin lesen. Bei der Erkenntnis zuckte sein Schwanz und sandte Adrenalin durch seine Venen.

Sie ließ ihre Decke fallen und kletterte auf das Bett. Ihr Haar glitzerte auf dem dunkelblauen Laken wie Sternenlicht. Es kribbelte ihm in den Fingern: Er wollte endlich seine Faust mit ihren Haaren füllen! Bald. „Leg dich auf den Rücken."

Sie drehte sich um und stützte sich auf den Ellbogen ab. Sein Herz stockte. Hatte er schon jemals etwas Schöneres gesehen? Ihre langen, blonden Wellen fielen ihr über die Schultern. Cremefarbene Haut, die sogar auf ihren Brüsten mit Sommersprossen gesprenkelt war. Ihr Bauch war etwas gerundet und er erinnerte sich daran, wie gut es sich angefühlt hatte, seine Finger in ihre Hüften zu krallen.

Er ließ sich Zeit. Noch nie hatte er eine Frau so ausgiebig betrachtet – mit der Gewissheit, dass sie für die nächsten Stunden ihm allein gehörte. Dieses Wissen legte in ihm einen Schalter um.

Ihre Lippen waren geschwollen, ihre Nippel rubinrot von den Klemmen, ihre Pussy für ihn entblößt. Er wollte sie kosten – an dem Ort, wo seine Finger bereits gewesen waren. Und er weigerte sich, sich diese Kostprobe noch länger vorzuenthalten.

Er fand ihren Blick und sie errötete allerliebst. Seine Musterung war ihr peinlich, doch das war ihm egal. Er würde es immer wieder tun, denn ihr Körper war hinreißend. Er ging zum Angriff über und legte eine Hand auf ihren linken Schenkel. Sie bebte unter seinen Fingern. *Geh es langsam an, Masterson.* Zwar war sie erregt, aber sie konnte ihre tiefsitzende Angst nicht von einer Sekunde auf die andere abschütteln. Wie sollte er sie kontrollieren, ohne ihr gleichzeitig einen Schreck fürs Leben einzujagen? Er musterte sie und entschied sich für einen Kompromiss. „Ich werde dich nicht an den Händen fesseln. Das sollte dir helfen, besser mit deinen Ängsten klarzukommen."

Sie entspannte sich sichtlich. Jedoch konnte er an ihrem hübschen Mund sehen, dass sie nicht vollends zufrieden mit seiner Entscheidung war. *Perfekt.* Das könnte funktionieren. Er lief zur Seite des Bettes. „Deine Hände lasse ich dir, aber deine Beine werde ich fixieren."

„Was?"

Wieso erregte ihn dieses subtile Zittern in ihrer Stimme so sehr? Es fühlte sich an, als hätte jemand einen Eimer Testosteron über ihm ausgeschüttet. Würde er genauso reagieren, wenn sie aufrichtig Angst hätte? Wie zum Teufel sollte er den Unterschied erkennen? Er beruhigte sich, indem er sich sagte, dass er mit ihr im Einklang war. Vom ersten Moment an war es ihm leichtgefallen, ihre Gedanken an ihrer Körpersprache abzulesen. Momentan zeigte sie Nervosität und keine Angst.

Es gefiel ihm, wenn sie ein bisschen nervös war.

Das traf ihn unerwartet. Er schloss seine Augen. *Ich bin wirklich pervers. Was mache ich hier?*

Genau, was ich schon mein ganzes Leben machen will. Anscheinend musste auch er sich noch über einiges klar werden. Mit seinen verqueren Gedanken würde er sich beschäftigen, sobald er das Dark Haven wieder verlassen hatte. Jetzt standen andere Sachen auf seinem Plan ...

„Virgil?"

Er umfasste ihren linken Knöchel und sagte mit geschmeidiger Stimme: „Oh, du hast gehört, was ich gesagt habe." Er löste eine Kette vom Bettgestell, hob ihr Bein und befestigte ihre Fußfessel daran, so dass ihr Bein ausgestreckt war. Halbherzig wehrte sie sich gegen die Einschränkung, und der Anblick löste ein berauschendes Gefühl in ihm aus. Sie unterwarf sich seiner Kontrolle und gab jeglichen Widerstand auf.

Tief im Inneren wusste er, dass er keinen Spaß daran hätte, würde sie seine Behandlung nicht erregen. Und er konnte sehen, wie sehr es ihr gefiel: Die harten Nippel, die geschwollenen Lippen, ihr beschleunigter Atem und ihre erhitzte Haut waren Beweis genug.

Er wandte sich ihrem rechten Bein zu, festigte die Knöchelfessel an der Kette, so dass ihre Beine ein umgedrehtes V ergaben. Ihre Pussy war entblößt und zeigte direkt auf die Gucklöcher, die ihm rein gar nicht zusagten. Dieser pinke Schatz gehörte ihm allein. Er hasste es, dass andere Blickkontakt hatten.

„Du bist wunderschön, Summer." Sie blinzelte, als wüsste sie nicht, was sie mit dem Kompliment anfangen sollte. Dann lächelte sie.

Er führte ihre Hände an ihre Schenkelhinterseite und platzierte sie, bis der Eindruck erweckt wurde, dass sie sich ihm präsentierte. „Lass deine Hände an dieser Stelle, egal, was passiert."

Ihre Atmung beschleunigte sich. Sein Blick fiel auf ihre vollen Brüste und er ließ es sich nicht nehmen, in einen ihrer harten Nippel zu zwicken, woraufhin sie anregend mit den Hüften zappelte. *Fuck*, er bekam nicht genug von ihren Reaktionen! „Hast du meine Anweisung verstanden?"

Als hätte sie gerade einen Marathon beendet, presste sie heraus: „Ja, Sir."

Sir. Das Wort gefiel ihm immer mehr. Es drückte nicht

nur Respekt aus, sondern zeigte auch, dass sie sich der Verbindung zwischen ihnen bewusst war. Mit einer Hand hob er ihren üppigen Po ein Stück hoch und schob ein Kissen darunter, um ihre Pussy und ihr süßes Arschloch leichter zugänglich zu machen.

Sein Blick verharrte auf ihrem Arschloch. Wie würde sie reagieren, wenn er diese Grenze austestete? Seinem Schwanz sagte die Idee zu und versuchte, sich im Alleingang aus der beengenden Jeans zu befreien.

Von einem kleinen Tisch nahm er Gleitgel und ein Kondom. Missmutig schaute er auf seine schwieligen Hände und entschied, sich einen Handschuh zu greifen.

Er kniete sich ans Bettende und stützte sich auf dem Ellbogen ab, so dass er nach Herzenslust ihre Pussy betrachten konnte. In dem dämmrigen Licht sah er, wie ihre geschwollenen, äußeren Schamlippen von ihrem Nektar kaleidoskopisch funkelten. Ihre Beine waren soweit gespreizt, dass sich auch ihre inneren Schamlippen geöffnet hatten und er in den Genuss ihres Eingangs kam. Er glitt mit einem Finger durch ihre Spalte und spürte, wie nass sie für ihn war – das größte Kompliment, dass sie einem Mann machen konnte.

„Deine hübsche Pussy ist geschwollen und feucht, Süße“, sagte er. Mit seinen Daumen spreizte er ihre Schamlippen noch weiter, woraufhin sie ihre Schenkel anspannte.

Weiterhin zog er mit dem Zeigefinger seine Bahnen durch ihre Nässe. Jedes Mal, wenn er in Kontakt mit ihrer Klitoris kam, spannten sich ihre Schenkel an. Ihr Atem war tiefer geworden, und er bemerkte, wie schwer es ihr fiel, regungslos zu bleiben.

Verdammt, am liebsten würde er sie die restliche Nacht berühren. So oder so: Nie würde er genug von ihr bekommen. Sie zum Orgasmus zu bringen, war mit nichts vergleichbar gewesen. Nicht mit dem beeindruckenden Touchdown aus seiner Jugend, nicht mit dem nachfolgenden Bull's Eye und auch nicht besser, als den Gipfel eines Berges zu erklimmen. Er wollte die Erfahrung wiederholen, das berauschende Gefühl, das durch seine Venen jagte, wenn sie ihre Lust als Folge seiner Handlungen herausschrie. Er senkte den Kopf und leckte, neckte und betörte sie mit seiner Zunge. Unter seinen Bemühungen trat ihre Klitoris unter der Vorhaut hervor. Auch ihr war bewusst, dass sie seinen Berührungen schutzlos ausgeliefert war.

Sie schmeckte wie ein Sommertag im Juni, heiß und unwiderstehlich. Mit der Nase strich er über ihre Schenkelinnenseite und atmete das Aroma aus Vanille und Pfirsich tief ein. Ihr Duft war so weiblich, dass er sich im Gegenzug noch männlicher fühlte. Noch dominanter. Sein Schwanz zuckte und drängte sich gegen seinen Reißverschluss.

„Mmm, jetzt verstehe ich deinen Namen, denn du schmeckst nach Sommer." Er umspielte mit seiner Zunge ihren Eingang und drang dann in sie ein. Stöhnend schnappte sie nach Luft und ihre gefesselten Beine bebten. Seit Jahren träumte er davon, eine Frau in dieser hilflosen Position vor sich zu haben. So konnte er sie quälen und betören, ohne dass es ihr möglich war, ihn von seinem Plan abzubringen. Er hatte sich immer für einen Perversling gehalten.

Wenn er das jedoch war, dann war er an diesem Ort unter Gleichgesinnten.

Sie wollte, was er ihr zu bieten hatte: Sie vertraute ihm mit ihrem Körper, mit ihren Emotionen. Er würde ihr alles geben, was er hatte, und er würde sich dafür alle Zeit der Welt lassen.

Er platzierte eine Hand auf ihrem Venushügel und drückte sie auf die Matratze, während sich seine Zunge an ihrer Pussy labte und ihre Klitoris betörte. Jeder weitere Zungenschlag verstärkte den Geruch ihrer Erregung, genauso wie die Verbindung zwischen ihnen. Es fühlte sich an, als wäre er dabei, ein Wildpferd zuzureiten und ihm seinen Willen aufzudrängen. Bei einem Pferd hatte er stets die Stellung der Ohren, die Atmung und die Muskeln im Blick, denn jedes kleine Zeichen war hilfreich. Diese Session kam dem befriedigenden Gefühl gleich, wenn sich das Pferd schließlich unterwarf und ihn als seinen Herrn und Meister akzeptierte. Mit Summer konnte er ihre Emotionen regelrecht fühlen. Auch bei ihr erkannte er die Zeichen und somit wusste er genau, dass sie ihrer Erregung nicht mehr lange Einhalt gebieten konnte.

Summer hatte das Gefühl, in ein Inferno des Verlangens geraten zu sein. Ihre Fingernägel vergruben sich in ihren

Schenkeln, um nicht dem Bedürfnis nachzukommen, seine Haare zu packen. „Bitte, nicht aufhören."

„Du, kleine Sub, hast keine Erlaubnis zu sprechen. Die einzige Ausnahme ist, wenn du dein Safeword benutzen musst." Er wandte sich wieder ihrem Geschlecht zu, umkreiste gemächlich mit der Zunge ihre Klitoris und fügte dann hinzu: „Jedoch bin ich keineswegs ein grausamer Mann. Also, bitte, schreie und stöhne so viel, wie du willst."

Dann drang er mit der Zunge in sie ein und sie rollte ihre Augen zurück. „Oh Gott", flüsterte sie.

Er hob den Kopf und blickte sie tadelnd an. „Verdammt", sagte er zu sich selbst, bevor er ihr einen Klaps auf ihren Venushügel gab, nur knapp an ihrer empfindlichen Klitoris vorbei.

Der brennende Schmerz schoss direkt zu ihrem Geschlecht. Ihre Klitoris pochte und sie schaffte es nur mit großer Mühe, nicht zu fluchen.

Er äußerte einen sinnlichen Laut, und sie fühlte, wie sich sein Finger gegen ihren Eingang presste, da, wo ihre Pussy um mehr Aufmerksamkeit lechzte.

„Was für eine Reaktion", murmelte er. „Du bist noch feuchter geworden." Sie vernahm raschelnde Geräusche, dann wurde eine Packung aufgerissen. Seine Zunge fand erneut ihre Klitoris, umkreiste sie und neckte das Nervenbündel. Ein bekannter Druck baute sich in ihr auf, die Wände ihres Geschlechts zogen sich bei jeder Berührung zusammen und sie wusste, *wusste* einfach, dass sie bald explodieren würde ...

Etwas presste sich gegen ihren Anus. *Nein.* „Nein. Du –"

Die Bestrafung in Form eines weiteren Klapses auf ihren Venushügel hätte sie beinahe über die Klippe geschubst. In ihrem Kopf drehte sich alles. Ihre Pussy schien in einen Schraubstock klopfender Empfindungen eingespannt zu sein.

„Keine Panik, wir nähern uns diesem speziellen Ort nicht gleich mit meinem Schwanz, Süße." Sein tiefes Lachen klingelte in ihren Ohren, dann fuhr er fort: „Wir beginnen mit einem Finger." Er wartete nicht auf eine Antwort, sondern setzte seine Worte in die Tat um und schob einen schlüpfrigen Finger an ihrem Ringmuskel vorbei.

Nur ein Finger, nur ein Finger. Der verdammte Finger fühlt sich riesig an! Ihr Körper fing an zu beben, als er sich an dem verbotenen Ort tiefer und tiefer vergrub. „Ich –"

Sein Kopf hob sich.

Hastig schloss sie ihren Mund. Sie sah das Schmunzeln auf seinen Lippen, dann kehrte er zurück zu seiner Aufgabe.

Rund um den Eindringling erwachten Nerven zum Leben. Im Inneren war sie ein bebender, emotionsgeladener Flummi.

Langsam bewegte er seinen Finger, rein und raus, während er sich mit der Zunge ihrer Klitoris zuwandte. Sie zitterte, sie stöhne, sie wusste nicht, auf welchen Punkt sie sich zuerst konzentrieren sollte. Sie wusste nur, dass kein Platz für andere Gedanken war.

Er knabberte mit seinen Zähnen an ihrer Klitoris, was

eine Welle der Emotionen auslöste. Am Rande des Wahnsinns schnappte sie nach Luft.

Leise lachte er und presste schließlich den Finger tiefer in ihr Loch. Sie hob ihre Hüften, bettelte wortlos nach mehr, obwohl sie weniger wollen sollte. Sie hatte keine Kontrolle mehr über sich.

Er zog das Tempo an, stieß immer schneller in sie – gleichzeitig, wie ein Versprechen, verstärkte er mit seinem Mund den Druck auf ihre Klitoris.

Jeder Nerv in ihrem Körper entflammte. Die Explosion war nicht mehr aufzuhalten, unbändige Lust entlud sich in ihr und sie schrie: „Ahh, oh Gott!“

Nur langsam ebbten die lustgefüllten Wellen ab. Er verlor keine Zeit und saugte ihre Klitoris erneut in seinen Mund. Der nächste Orgasmus näherte sich unaufhörlich. Ihr gesamter Körper bebte, ihre Hüfte rotierte an seinem Mund und sie spürte, wie ihr Anus um seinen Finger pulsierte.

Er ließ nicht von ihr ab. *Oh Gott, oh Gott, oh Gott.* Sie stöhnte und zappelte. Am liebsten hätte sie geweint, stattdessen kicherte sie unkontrolliert los. „Hör auf! Oh Gott, hör auf!“

Oh, verdammt. Sie hatte geredet. Er hob seinen Kopf, in seinen Augen konnte sie die Belustigung erkennen, bevor er mit der Hand ansetzte. Ein Klaps auf ihren Venushügel folgte, diesmal blieb ihre Klitoris nicht verschont. Gleichzeitig schob er zwei Finger in ihr verbotenes Loch.

„Nein!“ Die Lust brach aus ihr heraus und sie kam erneut, diesmal brutal intensiv.

Als er schließlich seine Finger aus ihr nahm, zogen sich die Wände so hart zusammen, dass sie ein Stöhnen nicht unterdrücken konnte. Sie richtete den Blick nach oben. Bei jedem Herzschlag schien sie die Decke aus dem Fokus zu verlieren. Schweißbedeckt versuchte sie, ihre Atmung unter Kontrolle zu bekommen.

Notiz an mich selbst: nicht ohne Erlaubnis reden.

Er kniete sich vor sie hin, zog den Handschuh aus, öffnete seine Jeans und rollte sich ein Kondom über seine Länge. *Oh Gott*, sein Schwanz war nicht nur groß, sondern auch breit. Er schob sich über sie und senkte sein Gewicht auf ihren Körper. Seine Brusthaare kitzelten ihre empfindlichen Nippel und sie wimmerte. Sie konnte es nicht erwarten.

Er lächelte. „Immer, wenn du so rumzappelst, löst du in mir das Bedürfnis aus, dich hart und schnell zu nehmen.“ Er stützte sich auf einem Ellbogen ab und legte die Hand des anderen Arms auf ihre Brust. Sein Daumen neckte ihren Nippel und schickte erregende Stromschläge an ihre Pussy.

Dann spürte sie seine Eichel an ihrem Eingang.

Worauf wartete er denn noch? Sie hob ihm ihr Becken entgegen, versuchte, ihn zur Eile zu bewegen, doch er rührte sich nicht.

Stirnrunzelnd fand sie seinen Blick. In seinen blaugrauen Tiefen erkannte sie Leidenschaft, gepaart mit einer autoritären Entschlossenheit, die einen Lustschauer in ihr auslösten. Er hatte die Kontrolle.

„Ich treffe hier die Entscheidungen, Süße.“ Er sah ihr tief in die Augen und zeichnete mit dem Daumen über ihre Unterlippe. „Nicht du.“

Dass sie nicht darüber nachdenken musste, wie sie ihn befriedigen konnte, löste ein befreiendes Gefühl in ihr aus. Er betrachtete sie, und seine Dominanz nahm sie völlig ein, so dass es ihr unmöglich war, ihre Reaktion auf seine Worte zu verbergen. „Ja, Sir.“ *Nimm dir, was du willst. Nimm mich!*

Ein zufriedenes Lächeln zeigte sich auf seinen Lippen. Sanft umschloss er mit der Hand ihre Kehle und sandte damit ein erregendes Gefühl durch sie, ohne Gewalt anzuwenden. Nein, ganz im Gegenteil: Seine Finger fühlten sich warm und tröstend auf ihrer Haut an. Dann senkte er den Mund auf ihre Lippen. Die Hand an ihrer Kehle machte sie komplett bewegungsunfähig. Ihre Unterwerfung war ihm sicher, während er den Kuss dominierte.

Erst als ihr Körper schlaff und nachgiebig unter ihm lag, nahm er die Lippen weg. Er nickte und seine Augen flackerten befriedigt auf. „Sehr schön. Leg deine Hände auf meine Schultern“, sagte er. Seine Stimme war tiefer und rauer. Augenblicklich kam sie seinem Befehl nach, dann fügte er hinzu: „Und nicht wegnehmen, verstanden?“

Oh Gott, er machte sie so heiß. So feucht. „Ja, Sir.“ Ihn so zu nennen, fühlte sich richtig an. So verdammt richtig. Sie packte seine Schultern und liebte das Gefühl seiner starken Muskeln unter ihren Fingerspitzen. Sie folgte mit einer Hand der Kurve seiner Schulter, bis zu seinem Oberarm. Seine Stärke erregte sie. Er konnte mir ihr machen, was er wollte, konnte sie nach seinem Belieben positionieren. Eine plötzliche Panik übermannte sie. Sie erstarrte und ihre Augen weiteten sich. Sie bemerkte nicht mal, dass sie Virgil die Fingernägel ins Fleisch bohrte. Daraufhin fand sie seinen Blick. Seine Augen, sein markanter Kiefer und die Lachfältchen schafften es, ihre Sorgen wegzuspülen.

Das anschließende Lächeln von ihm wärmte sie von innen heraus. „Schon besser. Und jetzt stillhalten." Seine Augen leuchteten erwartungsvoll, als er ihr ins Ohr flüsterte: „Ich werde jetzt in dich eindringen und dir ist es nicht erlaubt, dich zu bewegen."

Oh Gott.

Bevor sie die Chance hatte, mit „Ja, Sir" zu antworten, drang er mit der Eichel in ihre Hitze ein. Langsam dehnte er sie. Sein Schwanz war groß und es brauchte mehrere Anläufe, bis er sich vollkommen in ihr vergraben konnte. „Fuck, du bist so eng, Baby."

Die Anstrengung, still zu halten, sandte einen Schauer nach dem anderen durch ihren Körper, während er tiefer und tiefer in sie vordrang. Er dehnte sie, auf eine wundervolle, schmerzhafte, wohlig erschauernde Weise. Immer weiter und weiter, bis sich sein Schambein schließlich gegen ihres presste. Jeder Nerv in ihr pochte in purer Erwartung.

Der Befehl, still zu halten, trieb sie an den Rand des Wahnsinns. Er zog sich zurück, nur um sich wieder in ihr zu verlieren. Die Empfindungen, die dabei in ihr freigesetzt wurden, brachten sie zum Stöhnen. Sie krallte sich an seinen Schultern fest und seine blaugrauen Tiefen funkelten vor ungeahnter Leidenschaft. Und einer Warnung. „Nicht bewegen, Summer."

Sie wollte ihn nicht enttäuschen, was die Intensität dieses Aktes um das Hundertfache verstärkte. Sie hielt ihren Atem an, bewegte keinen Muskel, völlige Bewegungslosigkeit ...

„Braves Mädchen." Er grinste.

Er stützte sich auf einen Ellbogen, so dass er mit der anderen Hand ihren Hintern anheben konnte. Jetzt stieß sein Schambein bei jedem Stoß gegen ihre Klitoris. Die Mischung machte es: Sein einfangender Blick, seine talentierten Bewegungen und die Kontrolle, die er bereits nach wenigen Stunden über sie hatte. Mit jedem Stoß trieb er sie höher und höher, weiter und weiter, bis sie es nicht mehr aushielt und ... sich bewegte.

„Summer", warnte er sie.

„Oh bitte", flüsterte sie, als sein Schwanz sie wieder bis zum Anschlag ausfüllte. Verzweifelt sehnte sie sich nach Erlösung von dem Druck, der auf ihrer geschwollenen Klitoris lastete. Im Moment konnte sie diesem Druck nur entgegenwirken, indem sie stöhnte und stöhnte und stöhnte.

Sie warf den Kopf von links nach rechts. Er hob die Hand von der Kehle zu ihren Haaren. Dort packte er ein Bündel, nah an ihrer Kopfhaut, so dass er sie ihrer Bewegungsfreiheit beraubte. Die Empfindung der Machtlosigkeit verstärkte sich weiter, denn jetzt presste er sie mit seinem Gewicht auch gegen die Matratze. Mit der Hand auf ihrem Po verfügte er, wie sie sich zu bewegen hatte.

Damit schien er die letzte innere Barriere zum Einsturz gebracht zu haben, denn der Lustschauer, der durch ihren Körper jagte, war mit nichts zu vergleichen. Der Damm war gebrochen und die Welle der Lust traf mit voller Wucht auf sie ein, schwappte über sie hinweg und die Wände ihres Geschlechts pulsierten um seinen Schwanz.

Ein harter, schneller Rhythmus von ihm folgte, der ihren Orgasmus in die Länge zog. Seine Hand zog an ihren Haaren, als er sich tiefer und tiefer in ihr vergrub. Unter ihren Fingerspitzen spürte sie, wie er sich anspannte, schließlich hörte sie ein kehliges Stöhnen und er ergoss sich in ihr.

Einige Sekunden später legte er seine Stirn an ihre. Die Geste war so intim, dass ihr ein zufriedener Seufzer entrang. Er nahm die Hand aus ihren Haaren und strich ihr eine Strähne aus ihrem schweißnassen Gesicht. „Danke, meine Schöne“, sagte er in einem Ton, dem anhaftete, wie befriedigt er war. „Schon unter normalen Umständen wärst du eine wahre Freude im Bett. Mit deiner ...“ Er zögerte und schluckte schwer. „... *Unterwerfung* hast du mir regelrecht den Verstand geraubt. Du bist so wunderschön, Summer.“

„Danke, Sir“, flüsterte sie. Als ahnte er, wie sehr seine Nähe sie tröstete, bewegte er sich keinen Millimeter. Er war noch in ihr und streichelte sanft über ihre Brüste, ihren

Bauch und küsste sie, zärtlich, liebevoll, wie ein Leuchtturm, der sie in die Realität zurückführte.

Nach einer Weile atmete sie zittrig ein. Er lächelte sie aufmunternd an und entschied in diesem Augenblick, sich aus ihr zurückzuziehen. Er kümmerte sich um das Kondom, machte dann ihre Beine los und half ihr, ihre verspannte Muskulatur zu lockern. Danach legte er sich neben sie aufs Bett und zog sie an seine Seite.

Er roch nach Aftershave, nach Mann und nach ... Sex. Sie seufzte zufrieden und platzierte ihren Kopf auf seine Schulter. Mit den Fingern fuhr sie durch seine Brusthaare, umkreiste seine Brustwarzen, und versuchte sich an das letzte Mal zu erinnern, als sie sich so wohl gefühlt hatte. So eins mit sich – als hätte jemand die Leere in ihrer Seele mit Wärme gefüllt.

Er küsste sie auf die Stirn. „Bist du dir absolut sicher, dass du mir nicht für ein paar Stunden in meinem Hotelzimmer Gesellschaft leisten möchtest?“

Gott. Die Frage traf sie unerwartet. Es fühlte sich an, als drehte ihr jemand die Sauerstoffzufuhr ab. Sie stützte sich auf ihren Ellbogen und sah ihm in die Augen. Er nahm ihre Hand, führte sie zu seinen Lippen und ihr Blick huschte zu ihren Narben auf dem Unterarm. Mittlerweile waren die Narben weitestgehend verblasst, kaum sichtbar, doch die Erinnerung blieb: Wie Dirk sie mit dem Rohrstock blutig und narbig geschlagen hatte. Mit neugewonnener Entschlossenheit platzte sie heraus: „Nein. Es tut mir leid, aber nein.“

„Okay." Er legte ihre Hand auf seine Wange. Seine hellbraunen Bartstoppeln kratzten an ihrer Handfläche. Ihr Blick fiel auf seine Wangenknochen, dann auf seinen markanten Kiefer. Sie wusste bereits, dass er nicht so leicht aufgeben würde; diese Art Mann war er nicht. „Was hältst du von Frühstück? Du kannst dir aussuchen, wo wir hingehen. Ich muss morgen wieder nach Hause fahren, aber ich will dich vor meiner Abreise unbedingt nochmal sehen." Seine Augenbrauen zogen sich zusammen. „Da ... da ist etwas ... zwischen uns. Ich möchte zurückkommen und diese Verbindung näher erkunden."

Vehement schüttelte sie den Kopf.

Mit der Geduld eines Heiligen strich er ihr eine Strähne hinters Ohr. Trotzdem konnte sie die Enttäuschung in seinen Augen sehen – Augen, deren Farbe so schwer zu deuten war. Eine Farbe, die zwischen Blau und Grau und Grün und Gold wechselte. War es möglich, dass sie Verärgerung darin lesen konnte? Sie spannte sich an, musterte aufmerksam sein Gesicht. Er war ein Dom, er war es gewohnt, dass es nach seinem Kopf ging. Ihr Blick fiel auf seine Hand und sie konnte Dirks Stimme als Echo in ihren Erinnerungen hören: *„Verfickte Schlampe, du wirst machen, was ich sage!"*

„Ich weiß, dass wir uns noch nicht lange kennen", sagte Virgil in einem ruhigen Ton. „Allerdings kann ich dir ansehen, was du gerade denkst. Es beunruhigt mich, dass du glaubst, ich wäre dazu in der Lage, dir auf diese Weise wehzutun."

Ihre Augen fanden seine, weg von seiner Hand, die dazu in der Lage war, seine Verärgerung zum Ausdruck zu bringen. „E-es tut mir leid, Sir."

„Ich denke, ich verstehe, was los ist. Hat er dir mehr als einmal wehgetan?"

„Nein. Ja", sagte sie, ohne nachzudenken. „Was ich meine –"

„Lüg mich nicht an, Summer." Unter ihrer Handfläche spannten sich seine Muskeln an. „Ich verabscheue Lügner. Vergiss nicht, dass du nackt bist. Ich habe kein Problem damit, dich über mein Knie zu legen."

Sie erstarrte bei der Drohung. Jedoch konnte sie nicht ignorieren, dass sich ihr Geschlecht bei dem Gedanken zusammenzog.

„Also, na ja, ich sollte auch ehrlich sein: Ich habe mal ein Mädchen geschlagen." Er runzelte gedankenverloren die Stirn. „Wir hatten sogar eine richtige Prügelei."

Die Erregung war mit einem Mal verschwunden und sie hatte das starke Bedürfnis, sich von ihm zurückzuziehen. Das ließ er aber nicht zu. Er legte eine Hand auf ihre und fand ihren Blick. „Sie wollte mich nicht aufs Karussell lassen, nur ihre Freunde. Das war ungerecht und konnte ich nicht über mich ergehen lassen. Meine Brüder und ich wollten auch spielen. Sie hat uns geschubst und dann –"

Augenblick. Karussell? „Wie alt bist du gewesen?"

„Ich denke, ich war vier Jahre alt." Die Lachfältchen in seinen Augenwinkeln vertieften sich. „Morgan hat es unserem Vater erzählt – die Petze. Mein Vater hat mich zur

Seite genommen und mir ausführlich erklärt, dass ein Masterson niemals eine Frau schlagen würde. Dabei, meinte er, spielt es auch keine Rolle, ob der Übeltäter nur einen halben Meter groß ist. Pa hat uns nicht oft bestraft, aber diese Lektion konnte er nicht unbestraft lassen."

„Du warst vier." Sie starrte ihn an, blinzelte und lachte dann laut los. Das Lachen überraschte sie mehr als ihn. „Du bist so ein Idiot."

„Dem kann ich nicht widersprechen, Summer. Ich möchte betonen, dass es das letzte Mal war, dass ich eine Frau geschlagen habe." Sein Mund verzog sich zu einem schiefen Grinsen. „Na ja, bis heute."

Ihr Körper spannte sich erneut an, erst danach realisierte sie, von was er sprach. „Heute, hier, im Dark Haven ... mit mir."

Er nickte. „Meine Cousine hat sich in einen Dom verliebt. Ich hatte gar keine andere Wahl, als mir den Lifestyle anzusehen, um zu entscheiden, ob ich den Kerl vor der baldigen Hochzeit in den Bergen vergraben muss."

„Und es hat dir gefallen."

Er seufzte. „Das hat es. Trotzdem kann ich nicht mit hundertprozentiger Sicherheit sagen, dass mir wohl bei der Vorstellung ist."

Er massierte ihre Hand, sein Daumen rieb über ihre Fingerknöchel. Er war so warm, dass ihr der Temperaturunterschied zu ihrer eiskalten Hand fast ein bisschen Sorge bereitete. Die Kälte ihres Herzens zeigte sich nun an ihrem Äußeren. *Ich bin noch nicht bereit, mit einem richtigen Dom zusammen zu sein.* Sicher, er war ein Neuling im Lifestyle, doch es war eindeutig, dass er von Natur aus dominant war.

„Hat irgendwas in den letzten paar Minuten deine Meinung geändert? Ziehst du jetzt in Betracht, einem erneuten Treffen mit mir zuzustimmen? Willst du mich wiedersehen?“, fragte er hoffnungsvoll.

Sie schüttelte den Kopf. Ihre Angst überwog das Gefühl des Verlustes und der Traurigkeit. *Ich will ja, aber …* „I-ich kann nicht. Es tut mir l-leid.“

„Und mir tut es leid, dass ich dich nicht davon überzeugen konnte, mir zu vertrauen.“

Ein diskretes Klopfen an der Tür ließ ihn aufschauen und er runzelte die Stirn. „Wir haben den Raum anscheinend lange genug in Beschlag genommen.“ Er stand auf, hob sie in seine Arme und stellte sie vor dem Bett auf ihre Füße. Seine Kraft raubte ihr den Atem.

Er zog sich an und half ihr dann dabei, die Korsett-Weste zu schnüren. Seine Berührung wirkte sich auf ihre Nippel aus. Auch ihm entging das nicht und er rieb sanft über eine Knospe, küsste sie auf die Stirn und flüstere. „Wunderschöne Summer.“

Ihr fehlten die Worte.

Er warf sich die Ledertasche mit den Spielzeugen über die Schulter und trat zuerst über die Türschwelle. Im Kerker hielt er an und drehte sich nochmal zu ihr. Seine Augen lagen durch die Krempe seines Cowboyhutes im Schatten. „Danke für den Abend“, sagte er. Dann küsste er sie – ein langer und zärtlicher und verlockender Abschiedskuss.

Als er davonlief, teilte sich die Menschenmenge für ihn. Dominanz umgab ihn. Ihr brach das Herz. Schon jetzt vermisste sie ihn. Unfassbar.

KAPITEL FÜNF

Virgils Fahrt nach Hause schien ewig zu dauern. Auf der Straße hatte er Zeit, den Erinnerungen von letzter Nacht nachzuhängen. Vor allem konnte er sich jetzt mit seinen eigenen Reaktionen auseinandersetzen. Instinktiv hatte er gewusst, wie weit er Summer treiben konnte. Er hatte sie an ihre Grenzen gebracht, soweit, bis es in ihrer Welt nur noch ihn gegeben hatte – ihn, den Schmerz und die Lust.

Durch Summer hatte er herausgefunden, was Logan damit gemeint hatte, die Barriere einer Sub zu durchbrechen und den Moment herauszukitzeln, in dem sie pure Lust erlebte.

Im Austausch dafür hatte er wahre Befriedigung erfahren. Die Verbindung zwischen ihnen war magisch gewesen: Er hatte das Gefühl gehabt, ihre Gedanken und ihre Emotionen lesen zu können. Dass sie ihm aus freiem

Willen mit dieser Macht ausgestattet hatte, war berauschender gewesen, als eine Flasche Scotch zu trinken.

Sicher, es hatte sich gut angefühlt. War es aber auch richtig gewesen, es zu tun? *Du Arschloch. Du hast sie gefesselt und sie ihrem freien Willen beraubt. Das war falsch!* Seine Hände packten das Lenkrad, bis seine Fingerknöchel weiß wurden. Offensichtlich war er bei Frauen etwas zu besorgt. Er glaubte jedoch aus vollem Herzen daran, dass Frauen den Männern in allem ebenbürtig waren. Abgesehen vielleicht von Dingen, bei denen Muskelkraft eine Rolle spielten. Würde er nicht so denken, hätte ihn seine Cousine schon vor langer Zeit kastriert.

Verdammt, er hatte es genossen, Summer zu fesseln, und hilflos zu machen. Dafür hatte er seine Größe und seine Stärke eingesetzt.

Trotz allem hatte sie ihm ihr Vertrauen geschenkt. Sie hatte ihm vertraut, obwohl sie am ganzen Körper gezittert hatte. In ihren Augen hatte er die Angst sehen können, die Panik. Und doch ... hatte in ihren Tiefen auch die Lust gebrannt. Er hatte sie beobachtet, ihre Reaktionen abgewogen, sie berührt und gefesselt. Dabei war sein Schwanz immer härter geworden. Noch nie war er so erregt gewesen!

Er seufzte. Und dann hatte er sie geschlagen und es hatte ihm ... gefallen. *Zur Hölle, ja.* Es hatte sich angefühlt, als hätte man in seinem Inneren ein wildes Tier von der Leine gelassen. Er hatte den Laut wahrgenommen, den das Paddel beim Kontakt mit ihrem saftigen Hintern gemacht hatte. Er hatte gesehen, wie der Schmerz sie durchfuhr und sich Tränen in ihren Augen gesammelt hatten. Und am Ende hatte er deswegen nicht aufgehört. Was für ein Monster war er eigentlich?

Danach musste er ihr erstmal versichern, dass er normalerweise keine Frauen schlug, obwohl ihr Hintern von seinen Hieben noch rot wie eine Ampel geleuchtet hatte. Er war so ein verdammter Heuchler!

Es hat ihr gefallen, nicht vergessen. Oh ja, das hatte es. *„Noch nie in meinem Leben hatte ich so intensive Orgasmen."* Er hatte ihr gegeben, was sie wollte. Aus welchem Grund auch immer: Sie brauchte den Schmerz und er hatte ihr Verlangen danach gestillt.

Eine Frau zu schlagen, war niemals richtig.

Aber sie wollte es.

Hatte sie es wirklich gewollt? War das nicht jene Ausrede, die Vergewaltiger vorbrachten? *Sie hat es gewollt, Euer Ehren! Sie hat mich angefleht!*

Er bog auf die Landstraße ein, die direkt nach Bear Flat führte. Der Motor keuchte, als die Straße steiler wurde. Der Geruch nach Kiefern erfüllte den Pickup. Er atmete tief ein. Auch den Schnee auf den Bergwipfeln konnte er wahrnehmen. *Meine Heimat.*

Hier gehörte er hin. Hier, wo die Mastersons sich während des Goldrausches niedergelassen und niemals auch nur einen Gedanken daran verschwendet hatten, diesen Ort wieder zu verlassen. Seine Familie hatte einen ausgezeichneten Ruf. Anstand und Ehre lagen ihnen im Blut. Er war ein Polizist – ein verdammt guter Polizist. Was für eine Art

Gesetzeshüter geilte sich bitte daran auf, eine Frau zu fesseln und sie zu seinem Vergnügen zu unterwerfen? Okay, zum beiderseitigen Vergnügen, aber ... Seine Eingeweide zogen sich zusammen und ein mulmiges Gefühl in seiner Magengegend nahm von ihm Besitz.

Jetzt dauerte es nicht mehr lange, bis er durch seine kleine Stadt fuhr. Nickend begrüßte er die Leute, die ihm vom Bürgersteig aus zuwinkten. Seine Nachbarn. Seine Freunde.

Vielleicht konnten die Hunts ihr Leben in dieser Stadt mit ihren Neigungen in Einklang bringen, aber er bezweifelte, dass ihm das jemals möglich wäre. Vermutlich war es das Beste, dass Summer ihn abgewiesen hatte. Er hatte seinen Spaß gehabt, doch nun war er wieder Zuhause. Der Alltag hatte ihn zurück.

Am Sonntagabend nahm Summer ein ausgiebiges Bad. Anschließend zögerte sie, sich ihren rosa Pyjama anzuziehen. Ein kuschelweicher Pyjama, der wegen letzter Nacht jedoch herrliche Schmerzen auf ihrer Haut hervorrief.

Es war ein Jammer, dass es für ihre Gefühle nicht so kuschelige Kleidung gab. Je mehr sie den heutigen Tag mit Nachdenken verbracht hatte, desto unzufriedener war sie geworden. *Verdammt seist du, Virgil! Gott*, sie kannte noch nicht mal seinen Nachnamen! Und sie würde diesen Mann nie wiedersehen.

Es war seine Schuld, dass sie jetzt über sich nachdachte. Wirklich deprimierend. Sie entschied, ihren Händen eine Beschäftigung zu geben, setzte sich auf die Couch und griff dann nach ihrem Strickrahmen.

Stets hatte sie das Leben als lange, kurvige Straße gesehen. Sie wusste nicht genau, wann es passiert war, aber irgendwie war sie im Sumpf gelandet und ins Stocken geraten.

Das Gleiche war mit ihren Beziehungen passiert. Sie seufzte. Virgil. Ein Mann, der ihr alles geben könnte, wovon sie schon immer geträumt hatte ... und so viel mehr. Erregung, die Dominanz, die Lust. Sie hatte vor Lust geschrien. Geschrien! *Gott*, sie hatte tatsächlich geschrien. Keine Erfahrung war bisher auch nur annähernd in die Nähe dessen gekommen, was sie mit Virgil erlebt hatte.

Lag es daran, dass sie nach Dirk nur mit ihren Kumpels gespielt hatte? Ihren Dom-Freunden, bei denen sie nichts zu befürchten hatte? *Natürlich war das der Grund, du Kuh.*

Wie lange würde sie sich noch an diese Sicherheit klammern, bevor sie endlich nach den Sternen griff? Missmutig stach sie die Nadel durch den Stoff. Sie war so ein Feigling. *So bin ich nicht. Ich bin mutig. Schließlich habe ich Nebraska hinter mir gelassen und mich nach San Francisco aufgemacht. Allein – ohne eine Menschenseele in dieser Metropole zu kennen.* Nicht zu vergessen war sie erhobenen Hauptes in einen BDSM-Club gegangen, um Vorlieben auszuloten, die im Großteil der Gesellschaft als abnormal galten.

Es hatte nur eines furchtbaren Vorfalls mit einem Vergewaltiger bedurft, damit sie sich unter dem Bett verkroch. Wie eine Fünfjährige, die ein Monster in ihrem Kleiderschrank vermutete. Sie hatte es sich wirklich mit Virgil versaut, oder?

Sie drehte den Strickrahmen und legte sich den Stoff auf dem Schoß zurecht. Zarte Pastellfarben für ihre zukünftige Nichte. Seit sie sich erinnern konnte, wollte sie Kinder. *Du kannst keine Kinder haben, wenn du Angst davor hast, dich außerhalb des Clubs mit Männern zu treffen.*

Sie schnaubte. Der Vorfall war jetzt über ein Jahr her. *Und du bist immer noch nicht darüber hinweg, Summer? Nein.* Es gab kein Allheilmittel. Entschlossen atmete sie tief ein. Morgen würde sie mit Rona sprechen, Simons Sub. Sie arbeitete in der Krankenhausverwaltung und konnte ihr bestimmt helfen, eine Therapeutin zu finden.

Vielleicht würde sie auf diese Weise ihr Liebesleben wieder auf den rechten Weg bringen können. Und der Rest ihres Lebens? Sie hatte tolle Freunde, keine Frage, aber sie war nicht glücklich.

Sie lehnte sich zurück und schaute sich im Apartment um. Es hatte eine Zeit gegeben, in der sie San Francisco geliebt hatte. Das multikulturelle Leben, die vielen kleinen Stadtviertel, und natürlich das Meer direkt vor der Nase. Die anfängliche Aufregung war recht schnell abgeklungen, jetzt fühlte sie sich eingeengt. Ihre Wohnung bildete da keine Ausnahme. Trotz der hellen Farben, der zahlreichen Pflanzen und den knallbunten Quilts, die sie dekorativ über die Stuhllehnen geworfen hatte, machten ihre vier Wände einen tristen Eindruck.

Aber nicht das Zimmer war das Problem, sondern sie selbst: Sie hatte sich verändert. Sie blickte aus dem Fenster, wo die glanzlose, orangene Sonne langsam hinter einem Gebäude verschwand. Ein Gebäude von vielen, ein typischer Sonnenuntergang in der Großstadt. In Nebraska konnte man von jeder Stelle den Horizont sehen – und Mais, soweit das Auge reichte. Sie schnaubte missmutig.

Sollte sie nach Hause gehen? Ihr Bruder konnte immer Hilfe auf der Farm gebrauchen und das alte Farmhaus war groß genug. Nicht nur für ihre Mutter und ihren Bruder, sondern auch für sie, falls sie sich dafür entscheiden sollte. Krankenhäuser gab es überall und erfahrene Krankenschwestern galten ohnehin als Mangelware.

Ich will nicht in Nebraska leben. Ich mag Kalifornien. Sie brauchte einfach mehr ... Platz.

Sie nickte. *Genau!* Das Mädchen von der Farm sehnte sich nach einer kleinen Stadt, in der sie sich ein Haus leisten konnte. Wo es nette und hilfsbereite Nachbarn gab. Und einen Garten, damit sie sich den Traum von einem Hund erfüllen konnte. Allein dieser Gedanke weckte eine unbändige Sehnsucht in ihr.

Diesmal würde sie das mit dem Umzug klüger angehen. Zuerst, das stand ganz oben auf ihrer Liste, wollte sie sich eine neue Anstellung suchen. Nicht wie beim letzten Mal, wo die Liebe sie getrieben hatte und sie kurz darauf im Regen stehen gelassen wurde. Sie schüttelte die unschöne

Erinnerung ab. Ihr schwerer Koffer, den sie die Treppe runtergewuchtet hatte, ein Symbol für die Panik und die Zukunftsangst in diesem Moment: kein Geld, kein Platz zum Wohnen, keine Arbeit.

Sie war so eine Idiotin gewesen. Nie wieder.

Sie würde sich an den Plan halten: Therapie, Vergangenheit bewältigen, Jobsuche, neues Leben genießen.

Januar in den Bergen war nichts für Weicheier. Das absolute Gegenteil von Winter in San Francisco. In den Bergen rund um den Yosemite-Nationalpark war es arschkalt. Glücklicherweise strahlte der Holzofen in der winzigen Blockhütte der Serenity Lodge ausreichend Wärme ab.

Summers Finger zitterten. Das hatte jedoch nichts mit der Kälte zu tun.

Sie schüttelte den Kopf. *Ich muss total verrückt geworden sein.* War ihr Leben nicht schon chaotisch genug? In den letzten sechs Wochen hatte sie sich auf Jobsuche begeben und mehrere Therapiestunden hinter sich gebracht. Die eine Woche Urlaub hatte sie dabei effektiv genutzt: Sie hatte sich zwei Tage genommen, war zu einem Vorstellungsgespräch gegangen und hatte sich einen Krankenhausjob in Gold Beach an Land gezogen. Jetzt musste sie zurück nach San Francisco, ihren alten Job kündigen, sich eine Arbeitsgenehmigung als Krankenschwester für Oregon beschaffen, Kisten packen und umziehen.

Dass sie einen Umweg in Kauf genommen hatte, nur um ein Wochenende in den Bergen zu verbringen, war einfach dämlich.

Sie gab Simon die Schuld. Bevor sie nach Gold Beach gefahren war, hatte er sie besucht. *„Das Dark Haven plant ein BDSM-Wochenende in den Bergen. Die Eigentümer wollen das Gelände für ihre wachsende Familie umbauen. Es handelt sich also um die letzte Clubparty an diesem Ort.“*

Zunächst hatte sie sein Angebot abgelehnt. Sie hatte im Moment wirklich keine Zeit für BDSM. Sie wollte ihm gerade absagen, als er plötzlich die Bombe platzen ließ: „Weißt du, dass Virgil Masterson ganz in der Nähe der Serenity Lodge wohnt?“

Virgil. Sie musste jeden Rotton angenommen haben, der auf dieser Welt existierte, denn Simon prustete laut los. Dann hatte er zu ihr gemeint, dass er ihr eine Hütte reservieren würde – auf seine Kosten. *„Rona und ich würden uns freuen, wenn du mitkämst.“*

Virgil. Wie konnte sie jetzt noch ablehnen? Sie bekam ihn einfach nicht aus ihrem Kopf. Nicht tagsüber, wenn jeder groß gewachsene Mann mit sandbraunen Haaren sie an ihn erinnerte, und schon gar nicht nachts, wenn sie träumte, wie er ihre Haare packte, ihren Kopf zurückzog und sie leidenschaftlich küsste. Jede Nacht hörte sie seine tiefe, dominante Stimme in ihren Träumen. Auch aktuell hallte sein tiefes Lachen in ihrem Verstand wider. Seit sie ihn hatte von Dannen ziehen sehen, war kein einziger Tag vergangen, an dem sie sich nicht nach ihm verzehrt hatte.

Auf der Fahrt von Gold Beach zur Lodge war die Vorfreude ins Unermessliche angestiegen, ihr neuer Job vergessen.

Unglücklicherweise hatte Simon ihr gesagt, dass er an der Party nicht teilnahm. Es lag an ihr, ihn anzurufen und eine Einladung auszusprechen. Der Moment war gekommen. So, wie es sich anfühlte, hatten die Schmetterlinge in ihrem Bauch Steroide eingeworfen.

Sie lief in der Blockhütte auf und ab. Hin und zurück. Sie ließ sich aufs Bett fallen und strich mit den Fingern über den handgenähten Quilt. Ein traditionelles Muster in den Bergregionen. *Wunderschön.* Ob die Besitzer ihr Quilts abkaufen würden?

Hör auf, Zeit herauszuschinden. Sie griff nach dem Telefon, biss sich auf die Unterlippe und wählte die Nummer, die Simon vom Besitzer der Lodge in Erfahrung gebracht hatte.

Es klingelte. Ihre Hand klammerte sich um das Telefon. Könnte es sein, dass Virgil nicht in der Stadt war? *Sei mutig, sei mutig.*

„Hallo?“ Die Stimme des Mannes stimmte nicht. Sie war nicht ganz so harsch, wie sie es in Erinnerung hatte.

„Ähm. Virgil?“

„Nein, hier spricht Wyatt. Warte eine Sekunde.“ Stampfende Geräusche, so wie von Stiefeln, und dann: „Ist für dich.“

Oh Gott, oh Gott, oh Gott. Summer sprang auf ihre Füße. Was, wenn er –

„Virgil hier.“

Ihre Knie bebten und sie plumpste zurück aufs Bett. Ihre Lippen teilten sich. Auf der Fahrt hatte sie sich genau zurechtgelegt, was sie zu ihm sagen wollte. Und nun herrschte ein absolutes Vakuum in ihrem Schädel.

„Hallo?“ Seine Stimme überflutete sie mit Wärme.

„Ähm, Virgil.“ Sie schluckte an ihrem Kloß im Hals vorbei. *Du bist eine Frau, eine selbstbewusste Frau, die weiß, was sie will, also verhalte dich auch so!* „Hier spricht Summer. Ich weiß nicht, ob du dich an mich erinnerst. Wir kennen uns –“

„Aus dem Dark Haven.“

Stille. Als hätte er nicht erwartet, jemals wieder von ihr zu hören. Er wollte nichts mehr von ihr wissen.

Oh Gott, was hatte sie sich nur dabei gedacht! „E-es tut mir leid. Ich hätte dich nicht belästigen sollen.“ Schnell legte sie auf. Das Telefonat war vorbei, ihr Herzschlag beruhigte sich und die Schmetterlinge in ihrem Bauch waren verschwunden. Aus und vorbei.

„Summer?“, fragte Virgil. *Keine Antwort. Scheiße,* sie hatte aufgelegt. Fluchend betrachtete er die Nummer auf dem Display. *Serenity Lodge.* Summer befand sich in Bear Flat?

Beim Klang ihrer Stimme – ihrer verdammten Stimme – fühlte sich sein Körper an, als hätte er eine Vollbremsung hingelegt. Er versuchte alles, um dieses Gefühl zu unterdrücken. Schließlich hatte er sich dazu entschieden, diesen Lifestyle nicht auszuleben – nie wieder. Er war ganz anders als die Mastersons. Ganz anders. Er hatte rein gar nichts mit ihnen gemein.

Sie ist in Bear Flat.

„Wer war das am Telefon?" Wyatt stand in der Küchentür. „Sehr anregende Stimme die Kleine."

„Das war niemand. Verzieh dich."

„Niemand. Ach, ist das so? Du siehst aus, als hätte dich *Niemand* gerade in die Eier getreten", kommentierte Wyatt. „War es die Brünette, mit der du dich vorige Woche getroffen hast, oder die Blondine von der Woche davor?"

Scheiß Kleinstadt-Tratsch. „Nein." *Es war das Mädchen, dessen entzückendem Arsch ich mit einem Paddel eine rote Farbe verpasst habe. Summer, voller Mut und mit einem Lachen, das heller als die Sonne strahlte. Das Mädchen, gegen das keine andere ankam. Verdammt, er hätte nicht ins Dark Haven gehen sollen.*

„Geh zu ihr, du Blödmann. Lass Dampf ab, damit du uns nicht länger in den Wahnsinn treibst. Du bist seit deiner Rückkehr aus San Francisco unausstehlich", sagte Wyatt, bevor er in sein Büro marschierte.

Vielleicht. Sein Mund war so trocken wie der Wind im August. Virgil schenkte sich ein Glas Wasser ein, trank einen Schluck und starrte gedankenverloren aus dem Fenster über der Spüle. Hier im Tal schlängelten sich die schlanken Nadelbäume ins Gebirge, direkt zur Serenity Lodge. Wieso war sie hier und wie war sie an seine Nummer gekommen? Und warum jetzt, nachdem so viel Zeit vergangen war?

Oh nein. Steckte sie in Schwierigkeiten?

Er musste mit ihr reden. Der Gedanke fühlte sich so richtig an – endlich kam nach Wochen der Stagnation wieder Bewegung in sein Leben.

Vorsichtig stellte er sein Glas neben dem Petersilientopf ab, den Kallie hinterlassen hatte. Das Haus war verdammt still geworden, seit sie Jake geheiratet hatte. Sie war so glücklich. In all den Jahren, in denen er sie kannte, hatte er seine kleine Cousine noch nie so glücklich gesehen. Wahrscheinlich würde er bald einen Neffen oder eine Nichte begrüßen dürfen. Das bedeutete aber nicht, dass er sie nicht vermisste.

Die Petersilie war vertrocknet. Dieser Umstand rief ihm in den Sinn, wie er sich in den letzten Wochen seit Summers Laufpass gefühlt hatte. Er goss sein restliches Wasser in den Topf. *Du schaffst das.* Er wusste nicht, wen er damit meinte – die Petersilie oder sich selbst.

Wyatt hatte recht; er war wirklich unausstehlich gewesen. Nicht, weil sein Ego eine Schramme abbekommen hatte. Er vermisste sie. Sie war für ihn mehr gewesen als nur ein schneller Fick.

Die Verbindung zwischen ihnen war unverkennbar gewesen. Alles an ihr hatte bei ihm Anklang gefunden. Es hatte sich so richtig angefühlt. Wie auf dem Schießstand, wenn Anschlag, Visier und Atmung auf den Punkt ausgerichtet waren und man sich sicher war, dass man ins Schwarze treffen würde, bevor man den Abzug drückte.

Das Verlangen, sie wiederzusehen, erhob sich in ihm.

Mit seinem jämmerlichen Benehmen am Telefon hatte er mit Sicherheit ihre Gefühle verletzt. Nicht gut. Am besten erklärte er ihr von Angesicht zu Angesicht, warum er BDSM für sich nicht länger in Erwägung ziehen konnte.

War es möglich, dass sie nur für ihn angereist war? Wollte sie es mit ihm versuchen?

Sein Schwanz zuckte und bettelte um Aufmerksamkeit.

Heilige Scheiße. Er könnte schwören, dass er ihre kleinen Hände auf seiner Haut fühlen konnte. Er schloss die Augen und erinnerte sich an den Moment, in dem er das erste Mal in sie eingedrungen war, an ihr Stöhnen, ihre heisere Stimme, wie sie ihn nach mehr angefleht hatte. Den Ausdruck in ihren Augen, das Bedürfnis, ihn zufriedenzustellen, hatte so hell geleuchtet, dass es sich für immer in sein Gedächtnis eingebrannt hatte. Nichts würde jemals wieder an dieses Gefühl heranreichen.

Aber ich bin nicht pervers, verdammt. Er hatte wirklich schon genug Zeit mit Gedanken an dieses Thema verschwendet.

Summers Lächeln blitzte vor seinem inneren Auge auf. Er hatte keine Wahl. Er musste zu ihr. Er musste es ihr erklären. Würde sie in Erwägung ziehen, sich mit ihm zu treffen, obwohl er dem kinky Lifestyle abgeschworen hatte?

Er nahm sich nicht mal die Zeit, um seine Uniform auszuziehen. Er rannte aus der Tür, sprang in seinen Pickup und fuhr in die Berge. Die Nacht war über das Land eingebrochen, kalte, beißende Luft kündigte Schnee an.

Während er auf die erleuchtete Straße vor sich starrte, manifestierte sich bei jeder Meile eine weitere Erinnerung an Summer, die seine guten Vorsätze zum Bröckeln brachten.

KAPITEL SECHS

Als Summer die Tür von ihrer Blockhütte öffnete, wusste Virgil nicht, was er sagen sollte. Er starrte sie einfach nur an. Die Realität sollte nicht besser sein als seine geheimsten Träume. Wie war das möglich? Jetzt, wo sie direkt vor ihm stand, traf es ihn wie ein Blitz – mitten ins Herz.

Sie war so wunderschön, mit ihrem sonnengeküssten Haar, das er berühren wollte, den kleinen Sommersprossen auf ihrer cremeweißen Haut und den großen, blauen Augen in der Farbe ihres kuscheligen Pullovers.

„Virgil, was machst du hier?“ Ausdruckslos starrte sie ihn. Dennoch war ihm das entzückte Aufblitzen in ihren Augen nicht entgangen, als sie die Tür geöffnet hatte.

Er trat über die Türschwelle, wodurch er sie zum Rückzug zwang, und machte die Tür hinter sich zu. *Jesus,*

Maria und Josef, nur sie zu sehen, brachte ihn bereits um den Verstand. „Ich will mit dir reden."

„Das ist nicht nötig. Ich hätte dich nicht belästigen dürfen. Das war wirklich eine dumme Idee von mir." Ihre Stimme wirkte sich auf seinen Schwanz aus.

„Eine dumme Idee? Ah ja." Er konnte sehen, dass es mehr als das gewesen war. *Verflucht nochmal*, sie wollte ihn genauso verzweifelt wie er sie.

Im Zimmer gab es nur einen Stuhl. Er zog sie zu den Betten, platzierte sie auf einem und setzte sich gegenüber von ihr auf das andere. Er versuchte, nicht an die gemeinsame Nacht mit ihr zu denken. Die Umgebung, die Betten, ihr Geruch – einfach alles – erschwerten es ihm, sich auf das Wesentliche zu konzentrieren. „Wir werden jetzt reden."

„Du bist verheiratet. Oder vielleicht verlobt, richtig?"

Verdutzt blinzelte er und schnaubte verächtlich. „Das ist beleidigend, Süße. Nein, nichts von all dem – keine Ehefrau, keine Verlobte und keine Freundin."

„Oh. Okay. Gut."

Wie zur Hölle sollte er ihr seinen Standpunkt erklären, wenn er die ganze Zeit nur daran denken konnte, ihr die Hände hinterm Rücken zu fesseln und ihr den Befehl zu geben, sich zwischen seine Beine zu knien, damit er in ihre unterwürfigen Tiefen blicken konnte? „Ich habe seit der Nacht im Dark Haven viel nachgedacht. Bitte gib mir die Chance, mich zu erklären." Er räusperte sich. „Frauen anzubinden, sie zu schlagen ... Das scheint mir nicht ehrenwert zu sein. Nach meiner Rückkehr aus San Francisco traf ich die Entscheidung, dass BDSM nicht das beste ... Hobby für mich ist.“

Ihr Blick fiel auf seine offene Winterjacke. Seine Uniform war sichtbar, zusammen mit seiner Dienstmarke und dem Pistolenhalfter. „Das ist kein Kostüm, oder?“

„Ich fürchte nicht.“

Sie biss sich auf die Unterlippe.

Verdammt, er wollte derjenige sein, der an ihrer Lippe knabberte.

„Ich verstehe dein Problem“, sagte sie.

„Nach deinem Anruf kam mir die Idee, dass wir uns vielleicht wie ... normale Menschen treffen könnten. Vanilla-Style, richtig?“ Er wollte sie so sehr. So verzweifelt. Er konnte sich nicht erinnern, dass er jemals so abhängig von einer Frau gewesen war. Verspürten Drogenabhängige auch dieses unstillbare Verlangen?

„Richtig, es bedeutet kein BDSM.“

„Das Problem ist nur ...“ Er wusste nicht, was er denken sollte ... Er war verwirrt. So viele Gedanken und Erinnerungen ließen die Worte über seine Zunge sprudeln: „Dass ich mich daran erinnere, wie du gefesselt ausgesehen hast. Ich erinnere mich, wie du dich gewehrt hast, die Laute, die du von dir gegeben –“

Mit roten Wangen atmete sie zittrig aus und hauchte seinen Namen.

Verdammt. Hatte er wirklich geglaubt, seine eigenen Begierden, sein Verlangen nach mehr ignorieren zu können? Wollte er tatsächlich sein ganzes restliches Leben nur

Vanilla-Sex haben und auf diese bewusstseinserweiternde Befriedigung verzichten?

Nein.

Pa hatte immer gesagt: *„Es ist nie zu spät, deine Meinung zu ändern."* Gerade hatte er seine Meinung um hundertachtzig Grad geändert. Er wusste nicht, was er davon halten sollte. Er strich mit den Fingerknöcheln über ihre Wange. Sie war so warm, so samtweich. In diesem Moment entschied er, dass er ehrlich sein musste: „Ich bezweifle, dass ich mit dir zusammen sein kann, ohne mich nach deiner Unterwerfung zu sehnen. Die Situation wäre eine andere, wenn du es hassen würdest, die Kontrolle an mich abzugeben, aber es gefällt dir – du brauchst es. Du hast es genossen, als ich dich festgehalten und deine Handgelenke gefesselt habe. Du wolltest mehr."

„Ja", hauchte sie.

Der Raum war höllisch heiß geworden. „Du hast mich angerufen. Du willst spielen."

Sie nickte.

Er lehnte sich zurück und entriss ihr die Wärme seines Fingers. *Cool bleiben, Masterson.* „Vielleicht können wir einen Kompromiss schließen. Bear Flat ist eine kleine Stadt. Die Partys in der Serenity Lodge sind ein offenes Geheimnis. Aber es stört sich keiner daran, weil die Hunts die kinky Treffen auf die Lodge beschränken, und weil die Stadt den Tourismus braucht." Er nahm ihre Hand und streichelte mit dem Daumen über ihren Handrücken. Er wollte diese Hände auf sich spüren. „Nur bin ich kein

Gast, kein Fremder. Ich muss in dieser Stadt für Recht und Ordnung sorgen. Ich kann nicht an Orgien teilnehmen, da ich ansonsten den Respekt vor meinen Nachbarn verliere."

„Polizist und Orgien, keine gute Kombination. Ich verstehe schon", sagte sie und versuchte, die Hand aus seinem Griff zu reißen.

„Summer, ich würde sehr gerne wieder mit dir spielen. Nur nicht in der Öffentlichkeit." Wenn er sie nicht losließ, würde er bald auf ihr liegen. Ruckartig stand er auf und lief vor den beiden Betten auf und ab. „Wenn ich ehrlich bin, Süße, sagt mir die Zurschaustellung sowieso nicht zu. Was ich mit dir mache – und du mit mir –, ist privat. Ich will dich mit niemandem teilen. Ich will nicht, dass andere dich nackt sehen. Deine erregten Laute gehören mir allein. Deine Orgasmen gehören mir."

Summer starrte ihn an. Seine Worte brachten sie vollkommen aus dem Gleichgewicht. Sie wollte schon nicken, nur um zu erkennen, was die Konsequenz bedeutete: Sie wäre allein mit ihm. *Du bist auch jetzt allein mit ihm.* Die Angst übermannte sie. Ein eisiger Wind fand Einzug in die Hütte und blies das Feuer aus. So fühlte es sich jedenfalls an. „Nein."

„Nein?"

„Nein. Ich kann nicht." So groß, er war so groß. *Lieber Gott,* und keiner wusste, dass er hier war. Sie stand auf und sah sich panisch im Raum um. Sie war zwischen den zwei Betten gefangen!

„Summer, schau mich an."

Sie ging rückwärts, bis sie mit dem Rücken gegen die Wand prallte. Ihre Augen starrten auf seine Hände, seine riesigen Hände. Er war so stark. Er könnte sie –

„Die. Augen. Zu. Mir." Der Befehlston in seiner Stimme. „Sofort." *Oh Gott.*

Ihr Blick schoss zu ihm.

„Du siehst die Vergangenheit, meine Schöne, nicht mich", sagte er in einem sanften Ton, ohne hektische Bewegungen zu machen. „Habe ich dir jemals wehgetan?" Er schmunzelte und schüttelte den Kopf. „Also, auf eine Weise, die du nicht genossen hast?"

Sie schluckte schwer, fühlte jedoch, wie ihr Puls herunterfuhr. „Nein."

„Denkst du, dass ich das tun könnte?"

„Ich –" Sie verschränkte die Arme vor der Brust. „Bei ... ihm habe ich das zunächst auch nicht gedacht."

„Ah, okay." Virgil seufzte und lehnte sich gegen den Türrahmen. Es war offensichtlich, dass er die entspannte Position nur für sie eingenommen hatte. „Er hat dich nicht nur verletzt. Er hat zudem dafür gesorgt, dass du dein eigenes Urteilsvermögen anzweifelst."

„Geh einfach. Bitte, Virgil. Das wird niemals funktionieren."

Er zögerte. Sie konnte ihm ansehen, dass er mehr sagen wollte, doch er nickte und verließ die Blockhütte.

Summer musste ein Schluchzen unterdrücken, als er ging. *Nein! Komm zurück!* Die Panik verebbte. Zurück blieb nur die Leere in ihrem Herzen. Er hatte nach Kompromissen gesucht und war ernsthaft daran interessiert gewesen, eine Lösung zu finden. Und was machte sie? Sie bekam eine Panikattacke. Die Therapie brachte rein gar nichts. Sie war so hoffungsvoll an die Sache herangegangen. Sie hatte wirklich gedacht, dass wieder alles mit ihr in Ordnung wäre.

Sie starrte zur Tür und wünschte sich verzweifelt, dass er zurückkam. Jedoch wusste sie in ihrem Inneren, dass es niemals zwischen ihnen funktionieren würde.

Warum bin ich überhaupt gekommen?

Die Einsamkeit war greifbar und ihre Augen füllten sich mit Tränen. Sie hatte versagt. Sie sollte abreisen. Immerhin hatte sie viel zu erledigen, bevor sie ihre neue Anstellung antreten konnte. Ihr stand ein Umzug bevor. Tränen tropften auf die wenigen Habseligkeiten, die sie bereits in ihrem Koffer verstaut hatte. Hastig packte sie zusammen. Wenn sie sich wieder beruhigt hatte, würde sie Rona anrufen, damit sich Simon keine Sorgen machte.

Mit dem Koffer in der Hand trat sie über die Türschwelle. Schneeflocken wirbelten zur Erde – kleine, weiße Wunder in der dunklen Nacht, nur beleuchtet von den Laternen, die die Pfade säumten. Wenn der neue Tag anbrach, würden die Berge ringsherum mit Schnee bedeckt sein. Sie wünschte, sie könnte an einem verschneiten Morgen neben Virgil im Bett aufwachen und mit ihm die

Flocken beobachten. Wie würde sich das anfühlen? Magisch, in dem Punkt war sie sich sicher.

Sie hob den Koffer an und verstaute ihn im Auto. *Ich bin so dumm. Ein Feigling. Ich hätte mich mehr anstrengen sollen. Die Beziehung hätte nicht funktioniert. Nicht so. Nicht, wenn sie jedes Mal –*

„Rennst du immer weg, wenn es schwierig wird?" Virgils tiefe Stimme erklang hinter ihr. Sie wirbelte herum.

Er lehnte mit verschränkten Armen an einem Pickup.

Ihr Herz machte einen schmerzhaften Purzelbaum. „W-was machst du h-hier?"

Sein Lächeln führte zu hinreißenden Grübchen. „Ausgehend von deinem Stottern wahrscheinlich das Gleiche wie du: einen Kampf im Inneren austragen. Soll ich verschwinden, obwohl ich bleiben will?"

„Bleiben? Wirklich?"

„Also, ich hatte mir das so vorgestellt, dass ich jetzt nach Hause fahre, morgen zurückkomme und dich davon überzeuge, mit mir zu brunchen. Allerdings will ich nicht so lange warten." Nachdem er ihr den Koffer aus der Hand genommen hatte, legte er seine Hand in ihren Nacken und führte sie zur Blockhütte. „Wir werden die Nacht zusammen verbringen. In der Lodge, damit du Leute um dich hast. Und morgen ... na ja, morgen ist ein neuer Tag."

„Aber ... dein guter Ruf."

Er presste die Lippen aufeinander. „Der wird selbst sehen müssen, wo er bleibt." Er ließ den Blick über ihren Körper schweifen, zog sie ruckartig zu sich und gab ihr einen kleinen Kuss. „Zwischen uns gibt es eine Verbindung. Die eine Nacht wird uns niemals reichen. Für dich nehme ich einen schlechten Ruf in Kauf, meine Schöne. Ich bekomme dich einfach nicht aus meinem Kopf. Du bist mein letzter Gedanke, bevor ich einschlafe und mein erster, wenn ich aufwache."

Oh Gott. In ihren Augen sammelten sich Tränen. Sie hatte schon gedacht, sie sei verrückt, sich wie ein liebeskranker Teenager aufzuführen, wenn sie ihn kaum kannte. Jetzt erfuhr sie, dass es ihm genauso erging. Wie viele Männer würden das zugeben?

Dann meldete sich ihr nerviger Verstand zu Wort: „Virgil, ich habe mir eine Therapeutin gesucht, nachdem wir ... nachdem ich mit dir zusammen das Dark Haven verlassen wollte, und es nicht konnte. Ich dachte, ich wäre geheilt, aber die Panikattacke eben hat mich eines Besseren belehrt. Wie soll diese Sache funktionieren?"

„Anscheinend habe ich dein Leben genauso aus den Angeln gerissen wie du meines", sagte er sanft. Seine Fingerknöchel rieben über ihre Wange, seine Finger so warm auf ihrer kalten Haut. „Was hat deine Therapeutin zu dir gesagt? Meinte sie, dass du jetzt vollkommen geheilt bist?"

„Jetzt, da du es erwähnst ..." Sie blinzelte und versuchte, sich an die letzte Sitzung zu erinnern. Ein Hoffnungsschimmer flackerte in ihr auf. „Nein, sie meinte, dass Panikattacken weiterhin auftreten können, dass ich aber durch die erlernten Methoden von nun an in der Lage sein sollte, sie besser zu kontrollieren."

„Na siehst du. Würde es dir gefallen, wenn ich mit dir daran arbeite?" Sie konnte die Herausforderung in seinen Augen sehen.

Er wollte wirklich für sie seinen guten Ruf riskieren? Konnte sie da ‚Nein' sagen? Sie hob das Kinn und antwortete mit einem entschlossenen ‚Ja'.

„Okay."

Er führte sie zur Blockhütte zurück. Sie trat ein und drehte sich zu ihm um. Lächelnd fuhr er mit dem Daumen über ihre Lippen. „Ich erwarte dich in der Lodge. Wenn du eins von diesen Korsettdingern hast, dann würde es mich freuen, dich darin zu sehen. Das Höschen lässt du daheim."

Er stellte ihren Koffer ab und zwinkerte ihr zu, bevor er die Tür von außen schloss.

Wie versteinert starrte sie auf die Tür. Er hatte etwas von der Unberechenbarkeit einer Flussströmung: Er sah harmlos aus. Deswegen hatte sie es gewagt, durchs Wasser zu waten, die andere Uferseite im Blick, nur um plötzlich von ihm mitgerissen zu werden. Okay, sie war also wieder in der Hütte. Und er hatte ihr Anweisungen für ihr Outfit gegeben.

Sie erschauerte. Wieso fühlte sich das nur so verdammt richtig an?

Als Summer die Lodge betrat, war die Party schon in vollem Gange. Am Eingang hielt sie inne und sah sich um. Die Eigentümer hatten den rustikalen Hauptraum der Lodge fürs Wochenende in ein finsteres Verlies verwandelt. Schwere Eisenketten hingen von den Dachsperren und die zwei Andreaskreuze waren belegt. Ein paar Meter weiter hing eine Sub gefesselt von der Decke. Dahinter sah sie einen Dom, der er es ziemlich wild mit einer Sub in einer Liebesschaukel trieb. Auch Flogger kamen lautstark zum Einsatz, die im Rhythmus von Type O Negatives Lied *Love You to Death* geschwungen wurden.

Wow. Simons Party im letzten Jahr war die einzige private BDSM-Party, bei der sie jemals gewesen war, und sie war mit dieser nicht vergleichbar.

Nicht weit von ihr stand Logan Hunt, einer der Eigentümer der Lodge, mit dem Arm um eine kurvige Rothaarige, während er mit einer Frau und einem Mann in Alltagskleidung sprach. Summer runzelte die Stirn. Dunkles Haar, breite Schultern und intensive, blaue Augen. Bestimmt Brüder. Warum kamen ihr die beiden Männer so bekannt vor?

Logan winkte sie heran. „Summer, das ist meine Frau Rebecca."

Die Rothaarige lächelte. „Schön, dass du gekommen bist. Ich mag dein Korsett."

Summer grinste. Die Korsetts der beiden Frauen unterschieden sich nur in Farbe: Rebeccas war grün und

Summers war blau, farblich passend zu ihren Augen. „Deins gefällt mir auch."

Logan legte eine Hand auf den Bauch seiner Frau. „Ist das letzte Mal, dass sie es trägt – sie braucht bald Platz für andere Dinge."

Ein Baby. Kein Wunder, dass die Eigentümer planten, Serenity Lodge in eine Familienlodge umzubauen. Rebecca errötete, während Summer von einer Emotion überrascht wurde, die sie nicht abschütteln konnte: Neid. Nach diesem Leben sehnte sie sich. „Meinen Glückwunsch."

„Und das ist mein Bruder Jake und seine Frau Kallie", sagte Logan. Die Brünette lächelte sie herzlich an.

„Freut mich, dass es dir so gut geht, Kleines", sagte Jake.

Diese Stimme, diese blauen Augen ... „Kennen wir uns?"

„Ha. Siehst du. Du bist nicht so unvergesslich, wie du immer denkst." Logan grinste seinen Bruder an.

Jake rollte mit den Augen, bevor er sich wieder Summer zuwandte und ihre Hand nahm. „Wir haben uns voriges Jahr auf Simons Party kennengelernt. Ich habe dich in den Armen gehalten, nachdem dich dieses Arschloch so ... malträtiert hat."

Sie zuckte zusammen und versuchte, ihm ihre Hand zu entziehen.

Seine Augen verengten sich. „Simon meinte, dass es dir besser geht."

Ein tiefer Atemzug war nötig, um ihre Fassung wiederzuerlangen. *Super, Miss Ich-bin-geheilt. Von wegen.* Kein Wunder, dass er ihr bekannt vorkam. Langsam kam die

Erinnerung zurück, wie er sie in eine Decke gewickelt, sie auf seinem Schoß gewogen und ihr Tee eingeflößt hatte, bis das Zittern nachließ. „Tut mir leid, das kam so überraschend. Die Nacht gehört nicht gerade zu meinen schönsten Erfahrungen."

„Das glaube ich dir", knurrte Rebecca. „Ich wollte dem Typen eine verpassen, aber die zwei haben mich nicht gelassen." Sie warf Logan einen finsteren Blick zu und fügte dann hinzu: „Ich weiß nicht, ob es dir weitergetragen wurde: Nachdem Simon ihm die Nase gebrochen hatte, haben es sich Logan und Jake nicht nehmen lassen, dem Sackgesicht mit einem Tritt in den Arsch vor die Tür zu setzen."

Gegen die Vorstellung hatte sie nichts einzuwenden. Summer merkte, dass sie lächelte. „Danke. Danke euch allen."

„Ich wünschte, ich wäre dort gewesen", murmelte Kallie. Ihre dunklen Augen blitzten vor Zorn. „Dass der Typ sich überhaupt Dom nennen darf, ist doch ein Witz!"

„Ganz ruhig, meine kleine Elfe", sagte Jake. Er grinste Summer an. „Wir wollten der Party eigentlich fernbleiben, aber ich musste mich mit eigenen Augen von Simons Worten überzeugen." Er strich ihr sanft über die Wange. „Du siehst gut aus. Eines Tages wirst du einen Dom sehr glücklich machen."

Sie errötete. „Danke."

„Simon meinte, dass Virgil ein Auge auf dich geworfen hat", sagte Logan beiläufig.

Kallies Mund klappte auf. „Virgil? Wirklich?"

Jake seufzte. „Toll gemacht, du Arschloch", sagte er und

warf sich seine Frau über die rechte Schulter. „Lass uns verschwinden, neugierige Göre."

„Warte, verdammt. Ich will –" Die Tür fiel hinter ihnen ins Schloss. Trotzdem konnte sie Kallies Proteste noch hören. Dann drang der verärgerte Schrei eines Mannes an ihre Ohren. Jake.

Logan prustete los. „Ich glaube, sie hat ihn gebissen." Rebecca vergrub ihren Kopf in seinem Hemd und kicherte.

„Äh ... habe ich was verpasst?", fragte Summer.

„Wir sind in einer Kleinstadt", sagte Logan. Dem abweisenden Gesichtsausdruck zu urteilen, hatte er nicht vor, die Sache auszuführen. „Geh auf Erkundungstour. Virgil ist nach oben gegangen, um sich umzuziehen. Keine Ahnung, ob er schon wieder unten ist."

„Okay."

Virgil war nicht im Hauptraum.

In der Küche fand sie Maryann am Buffet. Sie bediente sich an den Knabbereien und summte zu Peter Steeles dunkler Stimme. „Am I good enough for you ..." Sie lächelte Summer an. „Wird aber auch Zeit. Ich dachte schon, dass ich mir den Arsch abfrieren und dich aus der Blockhütte ziehen muss."

„Ein Freund hat noch vorbeigeschaut."

„Wirklich? Master oder Sklave?" Maryann nahm sich einen Keks und biss hinein.

Kallie ist nicht die einzige neugierige Göre. „Ein Dom, den ich letzten Monat im Dark Haven kennengelernt habe."

Maryanns Augen weiteten sich. „Du triffst dich mit

jemandem, der nicht zu deinen Kumpels gehört? Wird aber auch Zeit, Mädchen!"

Meine Fresse. „Was passt dir an meinen Kumpels nicht?"

„Die sind schon in Ordnung. Das Problem ist, dass es zwischen euch nicht knistert." Maryann prostete ihr mit der Flasche zu. „Also, erzähl mir mehr. Wer ist es? Datest du ihn? Ist er nett?"

„Er ist nett." *Wundervoll, aufregend, großartig.*

„Wirst du gleich mit einem *Aber* um die Ecke kommen?"

„Aber ... er will nicht in der Öffentlichkeit spielen. Und ich will nicht – kann nicht – im Privaten spielen." Sie griff sich eine Wasserflasche und drehte den Deckel auf. „Es ist ... hoffnungslos."

„Mädchen, wenn du denkst, dass er privat so ein Arschloch ist, warum spielst du überhaupt mit ihm?"

„Das denke ich nicht. Dummerweise kann ich mir aber nicht sicher sein." Sie trank von dem Wasser. „Es ist doch so: Selbst, wenn ein Mann in der Öffentlichkeit nett ist, so kann er doch ein anderer sein und ausrasten, sobald du allein mit ihm bist. Wie soll ich wissen, wem ich vertrauen kann?"

„Kannst du nicht. Allerdings mag ich es, wenn sie gemein sind. Einer davon wartet bereits sehnsüchtig auf mich." Maryann eilte aus der Küche und quetschte sich an Simon und Rona vorbei, die im Flur standen. Sie sahen beide besorgt aus; anscheinend hatten sie beide Summers Worten gelauscht.

„Ich habe mit Logan über deinen Polizisten geredet."

Simon kam herüber und drückte ihr aufmunternd die Schulter. „Er ist hier aufgewachsen und allgemein respektiert. Seine Cousine ist mit Jake Hunt verheiratet. Wenn wir Kallie glauben können, dann ist er ein ehrlicher, aufrichtiger und fürsorglicher Mann."

Kallie war seine Cousine? Das erklärte ihre Neugierde. „Sehr hilfreich. Danke, Sir."

Rona wickelte einen Arm um Summers Hüfte. „Hilfreich für den Verstand, aber solange du dir seiner nicht absolut sicher bist, werden deine Ängste niemals nachlassen, richtig?"

„Richtig." Summer seufzte. „Aber –"

„Da bist du ja." Virgil kam in die Küche. Er trug eine Jeans und ein T-Shirt. Die Ärmel schmiegten sich so eng an seine Oberarme, dass ihr das Wasser im Mund zusammenlief. Oh, sie wollte definitiv mit ihm spielen!

Er nickte Simon und Rona zu, und lehnte sich dann mit der Hüfte gegen die Arbeitsplatte. Sein Blick schweifte über ihr offenes Haar, ihren Mund, und blieb eine Weile auf ihrem Dekolleté hängen, bevor sich seine Augen schließlich einen Weg über ihren kurzen Latexrock zu ihren nackten Beinen und Füßen bahnten. Er zog die Augenbrauen zusammen. „Du bist doch nicht etwa barfuß hergelaufen, oder?"

Rona lachte und flüsterte in Summers Ohr: „Und da haben wir den Beschützerinstinkt." Dann ließ sie Summer los und zerrte Simon aus der Küche.

„Nein, in Winterstiefeln", antwortete Summer. *Mein*

Gott, sie konnte ihn nicht ansehen, ohne dass ihr ein Lustschauer durch den Körper jagte.

„Du hast mich noch nicht geküsst. Das müssen wir nachholen." Er zog sie in seine Arme. Stahlharte Arme. Wie konnte es sein, dass sich seine Umarmungen so warm, so tröstend und wundervoll anfühlten? Hinter dieses Geheimnis würde sie wohl nie kommen. Sie schmiegte ihre Wange an seine Brust und konnte Leder, Holz und Mann riechen.

Mit einem befriedigten Laut zog er sie zwischen seine Beine, ihr Schambein stieß gegen seine dicke Erektion. Sie konnte den Drang nicht unterdrücken: Sie rieb sich an ihm. Sie war wie hypnotisiert, berauscht von seinem Duft, seinen Berührungen. Sie wollte ihn wieder in sich spüren.

KAPITEL SIEBEN

W***arum fühlt sich*** *alles mit ihr so verdammt richtig an?*, fragte sich Virgil. Er fuhr mit seinen Händen durch ihre seidenweichen, blonden Haare. Dann küsste er sanft ihre Lippen und atmete ihren Duft nach Pfirsich, Vanille und Frau ein. Sein Schwanz pulsierte und wollte sich beteiligen. „Wir werden spielen, aber zuerst möchte ich mit dir nochmals deine Grenzen durchgehen: kein Blut, kein extremer Schmerz."

„Kein Analsex."

Lächelnd schüttelte er den Kopf. „Es hat dir gefallen, als ich mit deinem süßen Loch gespielt habe, Baby. Warum denkst du also, dass du an derselben Stelle etwas gegen meinen Schwanz hättest?"

„Ich weiß es einfach."

„Nein, das tust du nicht." Der Versuch mit dem Finger

hatte ihm gezeigt, dass sie gegen mehr nichts einzuwenden hätte. Er war sich sogar sicher, dass es ihr gefallen würde. Und wenn nicht, dann hätte auch er keinen Spaß daran – wahrscheinlich war ihr das nicht bewusst.

Sie biss sich auf die Unterlippe. Ihre Augen nahmen dabei die Farbe von Rittersspornblüten auf den Bergwiesen an. Seine Mutter hatte Rittersporn geliebt. Auch hatte sie es geliebt zu lachen und sie hatte ihre Söhne immer dazu ermuntert, Courage zu zeigen. Seine Mutter hätte ihm mit dieser zähen, fröhlichen Frau den Segen erteilt.

Er strich mit seinen Händen über ihre nackten Schultern, über ihr enges Korsett, bis er ihre weichen, runden Arschbacken zu fassen bekam. Er musste seinen Schwanz unter Kontrolle bekommen, ansonsten würde er die kleine Sub sofort über den Eichtisch beugen und sie nehmen. „Wir werden uns an Analsex versuchen. Wenn du es danach immer noch nicht magst, kannst du wenigstens Argumente vorbringen."

Ihr Körper schmolz unter seinen Berührungen dahin und er wusste, dass sie sich seinem Willen beugen würde. Die Hitze in ihren Augen versprach, dass sie sich danach sehnte, ihn zufriedenzustellen.

Sie antwortete mit einem ‚Ja, Sir', was ihm ein unbeschreibliches Gefühl der Macht verlieh. Er musste es sich endlich eingestehen: Sein Verlangen, sie zu dominieren, reichte in jedem Fall an ihr Verlangen heran, sich zu unterwerfen.

Eine Stunde später war Summer stark versucht, Virgil einen schmerzhaften Tritt in die Weichteile zu versetzen. *Sexuell frustriert, Summer?* Sie hatte erwartet, dass er auf der Stelle eine Session mit ihr abhalten würde. Stattdessen schlenderten sie zusammen durch den Raum, als Beobachter. Bei der dritten Session, der sie beiwohnten, bemerkte sie schließlich, dass er ihre Reaktionen genau verfolgte.

Bei einer Szene mit hartem Flogging spannte sie sich an und er zog sie näher an sich. „Nicht dein Ding, ich weiß. Meines übrigens auch nicht."

Als Nächstes kamen sie zu einem Dreier. Er lächelte sie an und strich mit einem Finger über ihre Wange. „Das gibt dir nichts, oder? Mir auch nicht. Für einen Dreier bin ich viel zu besitzergreifend."

In der Mitte des Raumes stoppte er sie bei einer Session, bei der ein Dom seine Sub von hinten nahm – anal.

Die Frau stöhnte und wackelte mit ihrem Hintern, während sich der Dom immer tiefer in ihr vergrub. Summers Nippel kribbelten und ihre Pussy wurde feucht. Sie hob den Blick zu Virgil und bemerkte, dass er sie die ganze Zeit nicht aus den Augen gelassen hatte.

„Du bist ja ganz rot im Gesicht, meine Süße", hauchte er. „Denkst du darüber nach, dass du dich morgen in der gleichen Position befinden könntest? Mit dem Schwanz deines Masters tief in deinem engen Loch?"

Besagtes Loch zog sich zusammen und sie erschauerte.

Wie konnte es sein, dass sie die Vorstellung noch feuchter machte?

Er schmunzelte. „Oh, das hast du. Dann werde ich dich morgen auf diese Weise nehmen und erst aufhören, wenn ich dich zu einem Höhepunkt getrieben habe."

Oh Gott. Ihre Haut schien zu brutzeln.

Sie schaute sich um und sah Maryann. Die Sub schwang ihre Hüften in Virgils Richtung. „Hey, Master, suchst du eine Sub zum Spaßhaben?" Sie strich mit dem Finger über seinen Oberarm und flatterte mit ihren langen Wimpern.

Verärgert zog er die Augenbrauen zusammen. „Danke, aber nein", sagte er kurz angebunden, und wandte sich dann wieder Summer zu.

„Aber –" Maryann näherte sich, bis ihre Brüste an seinem Arm rieben.

Summer starrte sie verdutzt an. Normalerweise würde es Maryann nicht wagen, sich auf diese Weise einem Dom zu nähern. Was hatte sie vor?

„Verschwinde", blaffte Virgil in einem eisigen Ton, der dem Wind in den Bergen Konkurrenz machte.

Maryann sprang zurück. Schmunzelnd zwinkerte sie Summer zu, bevor sie der Anweisung folgte und sich verzog.

Virgil schüttelte mit dem Kopf. „Ich dachte wirklich, dass die Subs des Dark Havens wüssten, wie man sich benimmt." Er wickelte einen Arm um Summer. „Mal sehen, was dir noch so gefällt."

„Ich habe dir doch schon gesagt, worauf ich stehe."

„Nein, Süße, du hast mir nur gesagt, was du nicht

magst." Er presste seinen Mund auf ihren und küsste sie lange und ausgiebig.

Als er ihr seine Lippen entriss, lehnte sie sich ihm entgegen. *Mehr, mehr, mehr.* Sie legte eine Hand auf ihren Bauch, versuchte, ihre Atmung zu kontrollieren, und fragte: „Erfahre ich irgendwann auch von deinen Vorlieben?"

Er lachte. „Ich bin ein Mann, also liebe ich Sex. Und, obwohl es sich immer noch komisch anfühlt, es auszusprechen, ich bin ein Dom – also liebe ich die Kontrolle." Er packte sie an den Hüften und stellte sie auf einen niedrigen Couchtisch. Er war jetzt auf gleicher Augenhöhe mit ihr.

„Virgil!"

„Ich mag es, wie du schmeckst ... überall. Ich mag die Hitze deiner engen Pussy um meine Finger und um meinen Schwanz." Er schob seine Hand unter ihren Rock und fand ihren Eingang. Als er mit zwei Fingern in sie eindrang, stöhnte sie.

Er entließ ein zufriedenes Knurren. „Und ich liebe die Geräusche, die du von dir gibst." Er senkte seinen Mund auf ihre Schulter und knabberte an ihrer Haut. Dann verstärkte er den Druck mit den Zähnen. Es reichte aus, dass sich die Wände ihres Geschlechts um seine Finger zusammenzogen. Scharf sog sie den Atem ein.

„Oh ja, genau davon habe ich gesprochen." Sein Atem strich über ihre Ohrmuschel. „Winseln. Stöhnen. Schreien. Wenn du nach Luft schnappst oder seufzt. Davon bekomme ich einfach nicht genug. Deine Stimme erregt mich ungemein. Du hast die schönste Stimme, die ich jemals gehört habe."

Seine Worte lösten eine Hitzewelle bei ihr aus, die direkt in ihr Gesicht stieg. Feuerrot versuchte sie, zurückzuweichen.

Ruckartig füllte er seine Faust mit ihren Haaren und unterband somit ihren Fluchtversuch. Er zog sie so nah an sich, dass sie seinen Atem auf ihren Lippen spüren konnte, während er einen weiteren Finger in ihrer Pussy hinzufügte. In einem bedächtigen Rhythmus stieß er in sie. Gleichzeitig betörte er mit dem Daumen ihre Klitoris. *Oh Gott.*

„Diese Laute", sagte er in diesem betörenden Tonfall, von dem sie in den letzten Wochen geträumt hatte. „Gib mir mehr davon."

Sein Daumen schnellte über ihre Klitoris. Sie schnappte nach Luft.

Ihr wurde wieder bewusst, dass sie mitten in einem öffentlichen Raum stand, als ein Dom im respektvollen Abstand kurz anhielt, um die Aussicht zu genießen. Summer schüttelte den Kopf. „Virgil, nein."

Er sah ihr tief in die Augen und löschte damit ihren Widerstand aus. Ohne zu antworten, hob er einen Fuß auf den Tisch und spreizte mit dem Knie ihre Schenkel. „Ich für meinen Teil bevorzuge Privatsphäre", sagte er in einem sanften Ton. „Ich würde es bevorzugen, der Einzige zu sein, der deine Laute zu hören bekommt. Allerdings sehe ich dir an, dass du es magst, deine Erregung zu präsentieren. Und ich bin nur allzu gern bereit, dir zu geben, was du brauchst."

Seine Finger in ihrem Geschlecht, seine Hand in ihren Haaren – es war ihr unmöglich, sich bei der Attacke auf ihre Sinne zu konzentrieren. Sein Daumen erhöhte den Druck auf ihre Klitoris. Ihre Hände ballten sich zu Fäusten. Sie spürte, wie sich der Höhepunkt näherte und jeder Atemzug brachte sie der Erlösung näher. Mit seinen Fingern ging er in ihr auf Erkundungstour. Und dann ... *oh* ... fand er, nach was er gesucht zu haben schien.

Sie jagte mit ihren Empfindungen durch die Decke. Der Orgasmus stand vor der Tür, und sie wollte – brauchte – seine Erlaubnis. *„Oh, bitte. Gott, bitte.“* Sie packte seine Oberarme, krallte sich mit den Fingernägeln an ihm fest.

„Lass es geschehen“, flüsterte er. Er zog die Finger langsam aus ihr heraus, dann stieß er hart in sie. Einmal. Zweimal. Indessen ließ sein Daumen nicht von ihrer geschwollenen Klitoris.

Der Orgasmus überkam sie. Heiße Lust durchflutete ihr System. Sie streckte sich ihm entgegen und hob sich auf die Zehenspitzen. Er ließ ihr Haar los und packte stattdessen eine Pobacke, um weiterhin seine talentierten Finger ihr Werk tun zu lassen.

Jeder Stoß, begleitet von den Geräuschen ihrer Erregung, so feucht und heiß, sandte sie erneut über die Klippe. Ihr Geschlecht zog sich um seine Finger zusammen. Die Empfindungen waren einfach zu viel für sie. Erschöpft knickten ihre Knie ein und sie entließ ein langgedehntes Stöhnen, das in seinen Augen ein befriedigtes Leuchten auslöste.

„Wunderschön. Den Laut kannte ich bisher noch nicht.“ Er hatte Erbarmen mit ihr, hob sie vom Tisch und zog sie in seine Arme. Er hielt sie an seine starke Brust gepresst – die Definition eines unnachgiebigen Berges, den nichts auf der Welt erschüttern konnte.

Sie legte ihre Wange an seine Brust. Sie war so hart gekommen, dass ihre Fingerspitzen noch immer kribbelten. Sie wollte die Empfindung wiederholen. Sofort. „Ich will dich in mir haben“, flüsterte sie. Sie sehnte sich nach der Intimität. Sie wollte sich ihm vollkommen hingeben und dass er sie –

„Ich bin nicht die Art Dom, der Frauen in der Öffentlichkeit fickt, Summer.“ Seine harsche Wortwahl verletzte sie, doch dann fügte er hinzu: „Und mit jemandem wie dir, mit der es etwas Besonderes darstellen würde, ist es noch schwieriger.“

„Oh.“ Er hatte ihr einen wundervollen Orgasmus geschenkt und hielt sie jetzt so zärtlich in den Armen. Bisher hatte sie noch nie einen Dom so verzweifelt zufriedenstellen wollen. Sie hatte ein schlechtes Gewissen. „Es tut mir leid. Ich wollte nicht –“

„Nein, nein.“ Er küsste ihre Wange und seine Stoppeln ließen sie erschauern. „Ich gebe dir nicht die Schuld. Mach dir keine Sorgen, wir müssen einfach nur kreativ sein, Baby.“ Er strich ihr ein paar entflohene Strähnen aus dem Gesicht. „Du bist geradezu unwiderstehlich nach einem Orgasmus. Deine Haut erhitzt, deine Wangen gerötet.“

Er küsste sie und ihr schlechtes Gewissen verblasste. Sie

wollte, dass er erkannte, wie viel es ihr bedeutete, dass er sie verstand und es ihr nicht vorhielt. „Danke."

Er lachte. „Warte nur. Ich werde meinem Ärger auf eine andere Weise Luft machen. Mal sehen, wie dankbar du mir danach bist."

Die Drohung von ihm besorgte sie keineswegs. Ganz im Gegenteil, sie musste kichern.

„Kleine Göre." Er stellte sie ab und ihre Beine schlackerten unsicher. Schmunzelnd half er ihr zur Couch. „Ich hole dir schnell ein Glas Wasser. Nicht wegrennen."

Als Virgil in der Küche verschwand, kam Simon zu ihr und half ihr auf die Füße. „Nicht reden, einfach mitkommen." Er führte sie durch den Flur und zur Küchentür, und positionierte Summer so, dass sie mithören konnte.

Virgil stand mit dem Rücken zur Tür. Die Küche war abgesehen von einer Sub verlassen. Maryann. Was hatte sie jetzt wieder vor?

„Oh, da ist ja wieder der mächtige Dom", reizte Maryann.

„Such dir einen anderen zum Spielen, Sub." Jede andere Sub hätte seine abweisende Stimme in die Flucht geschlagen.

Nicht Maryann. Die Brünette fuhr mit den Fingern über Virgils Brust. Er ließ ein verärgertes Knurren hören und schob ihre Hand weg. „Versuchst du, Ärger zu machen?"

„Ich mag Ärger." Maryann trat noch näher heran und rieb sich an seinem Schritt.

Summer schaute finster. *Oh Gott,* war sie eifersüchtig? Ja, das war sie, verdammt! *Virgil gehört mir!*

Mit einem irritierten Schnauben zog Virgil Handschellen aus seiner Tasche, drehte Maryann um und fesselte ihr die Handgelenke hinter dem Rücken. *Oh ja*, er machte seinem Beruf alle Ehren.

Dann packte er Maryanns geflochtenen Zopf so hart, dass sie quietschte.

Summer presste eine Hand auf ihren Mund. Wollte er sie schlagen? „Du musst ihr helfen", flehte sie Simon an.

Simon schüttelte den Kopf und packte sie im Nacken. „Hinsehen, Kleines."

Sie zögerte.

Sie wusste nicht, was sie jetzt tun sollte. Sie wollte nicht hinsehen, doch Simon ließ ihr keine Wahl. Dann hob sie die Augen zu der Szene und beobachtete, wie Virgil den Schlüssel zu den Handschellen zwischen Maryanns Lippen schob. „Bitte Simon oder Logan, dich zu befreien, dann bring mir die Handschellen zurück." Als hätte die Sub aufgehört, in seinem Universum zu existieren, öffnete er die Kühlschranktür.

Simon gluckste. „Rona meinte, du müsstest es erst sehen, um es zu glauben. Jetzt geh zurück zur Couch."

Summer blinzelte ihn an. Hatte Simon Maryann aufgetragen, Virgil absichtlich zu provozieren?

Maryann kam breit grinsend aus der Küche.

„Das habt ihr doch nicht wirklich getan", flüsterte Summer. Die zwei Aufrührer grinsten.

Simon wies mit dem Kopf zur Couch und Summer rannte los.

Keine Sekunde zu früh nahm sie Platz, denn Virgil kam bereits auf sie zu marschiert. Sein Blick traf ihren, seine Augen angefüllt mit Wärme. Er ging einen Umweg, legte einen Zwischenstopp bei Simon ein, der gerade Maryann losmachte.

Während sie eingekuschelt in eine Decke auf der Coach wartete, dachte sie nach: Maryann hatte Virgil wütend machen wollen. Seine einzige Reaktion hatte darin bestanden, sie zu fesseln und zu Simon zu schicken. Sie hatte Angst gehabt, dass er seine Beherrschung verlieren könnte. Er wäre nicht der erste Dom gewesen.

„Erde an Summer." Virgils amüsierte Stimme erklang nur wenige Zentimeter von ihr entfernt.

„Oh!" Ruckartig hob sie den Kopf. Er hatte sie so erschreckt, dass sie die Hand auf ihr wild pochendes Herz legen und tief einatmen musste. „Tut mir leid."

Er machte den Plastikverschluss ab und öffnete so die Wasserflasche mit der natürlichen Zuvorkommenheit, die ihm innewohnte. Gut, wenn er sie nicht gerade festhielt und zu bewusstseinserweiternden Orgasmen trieb. Sie errötetet. In der Öffentlichkeit.

Nachdem er ihr das Wasser gereicht hatte, setzte er sie auf seinen Schoß. Sie rutschte umher, um eine bequeme Position zu finden. Dabei spürte sie seinen dicken, harten Schwanz unter ihrem Po. Sie konnte sich den Spaß nicht verweigern und verstärkte ihr Zappeln, bis er knurrend ihre Hüften packte.

„Oh, das tut mir aber wirklich sehr leid.“ Sie konnte ihr Kichern nicht unterdrücken.

„Böses Mädchen.“ Er bediente sich an ihrem Wasser und lehnte sich mit einem Seufzen zurück.

Mit dem Arm um sie fühlte sie sich beschützt und ... und geborgen. Im Gegenzug trat sie ihm nur mit Zweifeln und Ängsten gegenüber. Hinzu kam, dass er sich nicht sicher war, ob er überhaupt ein Dom sein wollte. Dieser Gedanke machte Schuldgefühlen Platz. „Beunruhigt es dich, dass du mich unterwirfst?“

„Ein bisschen.“ Dem missmutigen Tonfall zu urteilen, sagte ihm die Sache nicht gerade zu. „Und was ist mit dir? Beunruhigt es dich, wenn ich dich unterwerfe?“

„Na ja, generell hatte ich nicht den Wunsch, auf dem Couchtisch zum Orgasmus zu kommen. Aber ... die Art, wie du mit mir umgehst, wie du mir den Willen nimmst und mich kontrollierst, erregt mich.“ Sie holte tief Luft. Wie sollte sie ihm ihre Gefühle erklären? „Manchmal fühle ich diese Leere in mir. Dort ist es kalt. Wenn du mir die Kontrolle entreißt, füllt sich die Leere mit Wärme – dafür muss die Situation nicht mal sexueller Natur sein.“

Er wickelte die Arme fester um ihren Körper und zog sie so eng an seine Brust, so dass sie seinen Herzschlag spüren konnte. „Das kommt mir bekannt vor. So fühle ich mich, wenn ich dich zu einem Orgasmus treibe und weiß, wie sehr ich dich befriedigt habe.“

Gott sei Dank. Wenn es ihm nicht gefallen würde, Dominanz auszuüben, dann würden sie zusammen nicht glücklich werden. Ihr kam ein Gedanke: „Der Freund deiner Cousine hat dich ins Dark Haven geführt, richtig? Hast du, bevor er in ihr Leben getreten ist, nie über Bondage oder Dominanz nachgedacht?“

„Oh doch.“ Sein Mundwinkel zuckte. „Als ich dich während des Sub-Fangens verschnürt habe, ist für mich eine langjährige Fantasie wahrgeworden. Und danach haben wir noch einige mehr von meiner Liste abgehakt.“

Das aus seinem Mund zu hören, fühlte sich gut an. „Und, ähm, also, würde es dir helfen, wenn ich dir sage, dass ich diese Fantasien schon sehr, sehr lange habe?“ Sie strich mit der Hand über seinen markanten Kiefer, hob die Augen zu seinen und bemerkte, wie aufmerksam er sie betrachtete.

„Wie lange ist sehr, sehr lange?“

„Na ja, lass es mich so sagen: Mein Ken hat Barbie immer gefesselt und ihr den Po versohlt, wenn sie unartig gewesen ist.“

Er lachte.

Sie grinste und flüsterte: „Ich hatte sogar eine Bondage-Barbie.“

Sein tiefes, lautes Lachen brach aus ihm heraus und sie kuschelte sich mit einem breiten Lächeln an ihn.

„Bondage-Barbie." Virgil würde eine Barbie jetzt für immer mit anderen Augen sehen.

Er ließ Summer ihr Wasser austrinken. Dafür setzte sie sich aufrecht hin und er konnte schwören, dass sie seinen Schwanz absichtlich mit ihrem Hintern an die Grenzen der Belastbarkeit bringen wollte.

Privatsphäre hin oder her, wenn sie so weitermachte, dann würde er sie hier auf der Couch vögeln.

Es war an der Zeit, den Ort aufzusuchen, den er beim Rundgang dafür ausgespäht hatte. „Hoch mit dir." Sie erhob sich von seinem Schoß, so dass auch er aufstehen konnte. Sofort legte er seine Hand in ihren Nacken. Ihr schlanker Hals in seiner Hand machte ihn heiß. Er musste auch zugeben, dass er von einem Halsband, wie er es bei Rebecca gesehen hatte, nicht abgeneigt wäre.

Er führte seine hübsche, kleine Sub in eine abgelegene Ecke der Lodge. Zwei große Sessel standen einer Couch gegenüber, die den Bereich vom Rest des Hauptraumes abtrennten. Er blieb mit Summer vor einem der Sessel stehen. „Knie dich hin."

Obwohl sie ihn zunächst verdutzt anschaute, sank sie schließlich anmutig auf ihre Knie. Sie nahm die Position ein, die er bei anderen Subs bereits beobachtet hatte: Kopf gesenkt, Knie gespreizt, Hände mit den Handflächen nach oben auf den Oberschenkeln.

Im Club hat sie sich nicht so hingekniet, fiel es Virgil auf. Eine tiefe Befriedigung erfüllte ihn, als er erkannte, dass sie verzweifelt versuchte, ihn zufriedenzustellen. „Wunderschön, Summer“, flüsterte er.

Typisch für diese Position blickte sie auf den Fußboden, doch er konnte dennoch das befriedigte Lächeln auf ihren Lippen erkennen.

Indem er die Glühlampe an der Wandleuchte herausschraubte, tauchte er den Bereich in relative Dunkelheit. *Viel besser.* Aus den Augenwinkeln sah er, dass Logan mit gerunzelter Stirn in ihre Richtung sah. Virgil hob die Hand, um zu zeigen, dass alles in Ordnung war, und Logan nickte.

Virgil wandte sich wieder Summer zu und bemerkte, welche Wirkung die dämmrige Beleuchtung auf sie hatte. Er wusste genau, wie er noch mehr Spannung aufbauen konnte. „Zieh dich bitte aus.“

„Ja, Sir“, flüsterte sie. Als sie aufstand und sich ihrem Korsett zuwandte, hatte er das Gefühl, dass sein Schwanz von einer Faust umschlossen wurde, die sich fester und fester um seine Länge legte. Er setzte sich in den Sessel und beobachtete, wie sie langsam ihre Brüste freilegte. Ihm lief das Wasser im Mund zusammen. Ihr Korsett landete auf der Couch und sein Blick auf ihrem leicht gerundeten Bäuchlein. In seinen Augen war sie perfekt.

In kürzester Zeit hatte sie sich ihrer spärlichen Kleidung entledigt. Jetzt stand sie mit gesenktem Kopf vor ihm. Sie war nervös, trat von einem Fuß auf den anderen. Ihre Unsicherheit war anbetungswürdig.

Das wenige Licht, das sie erreichte, ließ sie wie einen gefallenen Engel schimmern. Schatten bildeten sich unter ihren vollen Brüsten und kreierten eine verführerische Finsternis zwischen ihren Schenkeln. „Präsentiere dich mir: Füße schulterbreit auseinander, Hände hinter deinen Rücken."

Unglücklicherweise konnte er in der dämmrigen Beleuchtung nicht sehen, wie sie errötete. Er konnte es aber fühlen. Die angeordnete Position öffnete erregend ihre Schenkel und bot ihm ihre Brüste dar. Kein Wunder, dass Doms daran so viel Gefallen fanden. Ihre Nippel waren zu harten Diamanten geworden. Dann zog er sie zu sich, bis ihre Zehen seine berührten. „Stütz dich auf meinen Schultern ab und beug dich vor."

Sie folgte seinem Befehl und legte die Hände auf seine Schultern. Auf den Ansturm von Lust, den er dabei erfuhr, war er nicht vorbereitet gewesen. Wie erhofft, schwangen ihre Brüste jetzt wie reife Früchte vor seinem Gesicht. Er nahm einen Nippel zwischen seine Lippen, umkreiste die Knospe mit der Zunge und saugte hart daran. Er hörte, wie ihr der Atem stockte.

Als er sanft an dem Nippel knabberte, erschauerte sie. Ja, das gefiel ihr! Ohne von ihrer Brust abzulassen, packte er ihre Oberarme und machte sich erneut daran, seine Zähne an ihrer aufgerichteten Knospe einzusetzen. Er biss zu. Erst sanft, dann etwas härter.

Sie stöhnte, ihre Augen auf halbmast, ihre Haut heiß unter seinen Händen.

Er entließ ihren Nippel aus den Fängen seines Mundes und blies über die feuchte Knospe. Summer bebte unter ihm. „Du hast wunderschöne Brüste, Süße. Ich erinnere mich noch daran, wie rot und geschwollen deine Nippel nach unserer letzten Session waren."

Seine Stimme war heiser vor Verlangen.

Ihr Flüstern kam einer milden Brise gleich: „Ja, Sir."

„Ich werde dich nicht fesseln. Dafür verlange ich, dass du keinen Muskel bewegst – egal, was ich mit dir anstelle." Er ließ ihre Arme los und nahm ihren vernachlässigten Nippel in den Mund. Samtweich mit einer verführerischen Struktur. Er betörte und reizte die Knospe, bis auch sie zwischen seinen Lippen anschwoll, während er ihren anderen Nippel mit Daumen und Zeigefinger traktierte.

Sie packte seine Schultern fester. Als er zubiss, hörte er ein Winseln, in dem sich Schmerz und Lust vermischten. Ihr ganzer Körper bebte, versuchte jedoch nicht, zurückzuweichen. „Du bist so eine brave, kleine Sub", hauchte er an ihrem Nippel. „Spreize deine Schenkel für mich."

Das hilflose Geräusch, das sie von sich gab, verstärkte das Summen in seinen Venen, und machte seinen Schwanz noch härter. Je weiter sie ihre Füße auseinanderschob, umso mehr kam er in den Genuss ihres erregenden Dufts. Er strich mit seinen Fingerknöcheln über ihren Bauch, zu ihrem Venushügel und fand ihre haarlose Pussy. So glatt. „Hast du an mich gedacht, als du dich heute rasiert hast?"

Sie zögerte kurz, dann: „Ja, Sir."

Ihr Flüstern erinnerte ihn an die letzte Festnahme eines Ladendiebs. Sie klang ... schuldbewusst. Er wagte eine Vermutung: „Bist du dabei gekommen?"

Sie schluckte hörbar. „Ja, Sir."

Er unterdrückte ein Lachen. Der Dom in ihm dachte: böse Sub. Der gewöhnliche Mann in ihm konnte seine Freude, dass sie im Zuge dessen an ihn gedacht hatte, kaum bändigen. „Ich verstehe. Dann lass mich eines klarstellen, meine Schöne: Solange du in meiner Stadt bist, habe ich die Vorherrschaft über deine Orgasmen."

KAPITEL ACHT

Summer hörte die Belustigung in seinem stahlharten Tonfall, und Erleichterung durchfuhr sie. „Ja, Sir", hauchte sie und konzentrierte sich mit neugewonnener Entschlossenheit darauf, sich nicht zu bewegen. Ihre Pussy pulsierte und gierte danach, berührt zu werden. Ihr gesamtes Sein fokussierte sich auf die Finger, die auf seinen Schultern ruhten.

„Ich habe große Hände, Summer, also erwarte ich, dass du zwischen deinen einladenden Schenkeln genug Platz für mich schaffst. Spreize die Beine so weit, bis deine Füße auf einer Höhe mit den Sessellehnen sind."

Hitzige Vorfreude erfasste sie, als sie sich vorstellte, wie er sie mit diesen großen, schwieligen Händen berühren wollte. Sie verlagerte ihr Gewicht auf ihre Arme und zwang ihre Füße auseinander.

„Sehr schön. Und jetzt beug deine Knie ein wenig."

Sie gehorchte, woraufhin die feuchten, geschwollenen Schamlippen sich wie eine Blüte öffneten und ihr Inneres freigaben.

„So ist es gut, Süße." Virgil führte seine Hände zwischen ihre Beine, legte sie auf ihre Pobacken und hob sie an. Er lehnte sich zurück und positionierte sie so, dass sie mit den Schenkelrückseiten auf den Lehnen ruhte, während ihre Füße an den Seiten herunterbaumelten.

Um nicht ihr Gleichgewicht zu verlieren, krallte sie sich an seinen Schultern fest. Er hatte eine Position für sie gewählt, die ihr keinen Spielraum für Bewegungen gab. Ohne seine Hilfe wäre es ihr nicht mal möglich, von dem Sessel herunterzukommen.

„So wird es gehen", sagte er. Er näherte sich mit dem Kopf und leckte erst ihre eine Brust und dann die andere, womit er einen heißen Strom der Lust in ihr entfachte. Seine Daumen ruhten in dem Übergang zwischen Schenkel und ihrem Schambereich. Er war ihrem Geschlecht so nah. So nah an dem Ort, wo sie ihn brauchte. *Oh Gott.* Sie erschauerte. *Bitte, um Gottes willen, berühre mich!*

Sie schloss die Augen und versuchte, sich etwas zu beruhigen. Sie wollte ihm zur Abwechslung auch etwas Gutes tun. Es konnte doch nicht immer nur um ihre Befriedigung gehen. „Du b-bist jetzt dran. Du musst dich nicht den ganzen Abend um m-mich kümmern."

„Ah nein?" Ein Grübchen erschien auf seiner Wange. *Verdammt,* wenn er sie so ansah, mit diesem amüsanten

Ausdruck in den Augen, schmolz sie dahin wie Schokolade in der Sonne.

„Summer, du hast kein Mitspracherecht. Ob und wie lange ich dir Befriedigung verschaffen will, liegt ganz allein in meinem Ermessen."

Mit einem Finger fuhr er durch ihre feuchte Spalte, fand ihren Eingang und drang in sie ein. Sein Finger fühlte sich so gut an. „Du bist so bereit und feucht für mich."

Als er seine Hand zurückzog, knirschte sie mit den Zähnen. *Nicht bewegen, nicht bewegen.*

Er öffnete den Reißverschluss seiner Jeans. Keine Unterwäsche. *Oh!* Sie hatte vergessen, wie groß er war, bis seine Erektion heraussprang und gegen ihre Pussy prallte. Sie stöhnte.

Sie wünschte sich nichts sehnlicher, als ihn endlich in sich zu spüren. Ihr Körper schrie danach, dass er sie in Besitz nahm – mehr noch, als nach einem Orgasmus. Sie wollte, dass er ihr pulsierendes Geschlecht füllte. Wie würde sich Analsex mit ihm anfühlen? Sie erschauerte bei dem Gedanken und ihr geheimes Loch zog sich erwartungsvoll zusammen.

Er zog ein Kondom aus seiner Tasche. Aber das war nicht das Einzige: Zum Vorschein kam ein genoppter, rosa Ring.

„Was ist das?"

Er warf ihr einen missbilligenden Blick zu. „Habe ich dir die Erlaubnis zum Sprechen gegeben?"

Ups.

Er zog sich das Kondom über und brachte dann das Spielzeug zum Summen. Er stellte etwas ein und das Summen verstärkte sich. Nachdem er sich den Ring über seinen Schwanz gezogen hatte, wurde ihr so einiges klar: Ein Penisring, der zudem vibrierte?

Sie schaffte es nicht, die Augen von seinem Schwanz zu nehmen. Sobald er in ihr war, würde sie die vibrierenden Noppen am Eingang ihrer Pussy spüren. Unwillkürliche spannte sie die Beine an.

„So wird es nicht funktionieren." Er schob eine Hand unter ihren Po und hob sie an. „Ich brauch dich näher, Süße."

Er zog sie langsam zu sich, bis ihre Waden seine Oberarme streiften. Ihr ganzes Gewicht lastete jetzt auf seinen Händen. Ihre Hände auf seinen Schultern halfen ihr kaum mit dem Gleichgewicht. Er hatte ihr das letzte bisschen Kontrolle genommen und nach dem befriedigten Ausdruck in seinen Augen war ihm das mehr als bewusst.

Ohne den Blick von ihrem Gesicht zu nehmen, positionierte er seinen Schwanz an ihrem Eingang und senkte sie auf seine Länge. Seine Eichel bahnte sich einen Weg in ihre enge Pussy. *Verdammt,* er fühlte sich himmlisch an.

Tiefer und tiefer wagte er sich in sie vor, und es dauerte nicht lange, bis auch der Schmerz anklopfte. Sie versuchte, ihren Po anzuheben, und konnte es nicht. Sie war vollkommen bewegungsunfähig. Zusammen mit dem Schmerz entwickelte sich diese Erfahrung zu einem Lustcocktail, der ihr den Verstand raubte. Sie wimmerte.

Sofort hielt er inne, obwohl sie spürte, dass er noch nicht ganz in ihr war. Sie öffnete die Augen und fand seinen intensiven Blick.

„Du wirst meine gesamte Länge in dir aufnehmen. Im Moment aber kann ich dir ansehen, dass wir langsamer machen müssen." Er hob sie hoch, senkte sie auf seinen Schwanz, hob sie hoch, senkte sie herab. Jedes Mal drang er tiefer in ihre Nässe vor. Sie passte sich seiner Länge an, dehnte sich für ihn und erinnerte sich wieder an den Penisring. Jetzt spürte sie das Spielzeug an ihrem Geschlecht, und, *Gott*, es fühlte sich so gut an.

Mehr. Sie stöhnte. *Ich brauche mehr.*

„Hände auf meinen Schultern lassen", warnte er sie.

Sie nahm sich seine Warnung zu Herzen und krallte sich an ihm fest. Er lachte. „Dann wollen wir mal." Er entfernte die Hand von ihrem Po.

Sie rutschte ein paar Zentimeter tiefer und sog scharf den Atem ein, als er bis zum Anschlag in sie eindrang. „Virgil!" Die Wände ihres Geschlechtes pulsierten um seinen Schwanz. Dann weiteten sich ihre Augen: Die Vibrationen des Penisrings betörten ihre Klitoris, ihre Schamlippen und – *heilige Scheiße* – ihr Poloch.

Virgil bewegte sich nicht und schien den Ausdruck zu genießen, der sich auf ihrem Gesicht zeigte, seit der Vibrator ans Werk gegangen war.

„Oh, mein Gott." Ihre Klitoris schwoll an und Summer schnappte verzweifelt nach Luft.

Sein Lachen drang an ihre Ohren, bevor sie seine Hände

auf ihren Brüsten spürte. Er zwickte ihre Nippel, was sich auch auf ihr Geschlecht auswirkte. Sein Schwanz füllte sie komplett aus. Sie wurde von den intensiven Empfindungen überwältigt. Der Druck in ihr verstärkte sich. Sie packte seine Schultern fester, während der Höhepunkt unaufhörlich auf sie zusteuerte.

„Wunderschön. Dich so erregt zu sehen, ist unbeschreiblich. Allerdings will ich nicht, dass du schon kommst." Er griff ihre Hüften und hob sie an. Sein Schwanz glitt aus ihr heraus und die vibrierende Stimulation verschwand.

Jedoch ließ ihre Begierde nicht nach, ihre Klitoris pulsierte weiter und sie wimmerte vor Verzweiflung. Sie brauchte Erlösung! Das wusste auch er, und sie sah ihm seine Belustigung an.

Seine eigene Sehnsucht nach ihr schien zu gewinnen: Einmal mehr senkte er sie auf seine Länge und der Ring presste sich gegen ihre erogenen Zonen. Sie fühlte, wie sich die Lustwelle aufbaute und ...

Bevor sie kam, riss er sie wieder von seinem Schwanz. Seine Eichel küsste ihren Eingang für einen kurzen Augenblick, dann kehrte er in ihre Hitze zurück. Als sein Schwanz sie erneut dehnte, hielt sie in Erwartung des vibrierenden Penisringes den Atem an. Sie versuchte, ihre Hüfte zu rotieren, versuchte, die Lust zum Überkochen zu bringen.

Rücksichtslos manövrierte er ihre Pussy auf seinem Schwanz, stieß dabei jedes Mal gegen ihre Klitoris, um ihre

Lust zu steigern. Es dauerte nicht lange, bis sie dem Orgasmus abermals verdammt nahe war.

„Du fühlst dich so gut an“, presste er bei einem Stoß nach oben heraus. Ihre Fingernägel gruben sich in seine Haut und ihre pulsierenden Wände zogen sich enger und enger um seine Länge zusammen.

„Ich liebe es, wie mich deine heiße Pussy massiert.“ Bevor sie über die Klippe sprang, hob er sie hoch und verweigerte ihr den Orgasmus aufs Neue.

„Bitte, oh Gott. Virgil, ich flehe dich an!“ Zu viel. Ihre ganze untere Hälfte pulsierte. Sie brauchte mehr ... mehr ... mehr, was sie zum Ausdruck brachte, indem sie ihn mit den Händen durchschüttelte. Und was machte er? Er lachte!

„Ich brauche mehr. Bitte!“ War das ihre Stimme? Wimmernd und schluchzend? Ja, denn sie hielt es nicht länger aus. Sie musste kommen!

Für einen Moment hielt er inne, bewegte keinen Muskel. Es machte sie wahnsinnig.

„In Ordnung.“ Er ließ mit einer Hand von ihren Hüften und gab ihr einen harten Klaps auf den Hintern. „Komm für mich, Summer.“

Der plötzliche Schmerz schoss direkt zu ihrer Klitoris ... und stieß sie über die Klippe. Lust sprudelte durch sie und setzte jeden Nerv in Flammen. Dann schrie sie unkontrolliert los.

Knurrend stieß Virgil in sie hinein, nahm sie hart ran, während sie ihre Erlösung herausbrüllte.

Langsam fand sie ihren Weg in die Realität zurück. Das

Gefühl seines Schwanzes war omnipräsent. Er fickte sie, sein Penisring vibrierte, und sie wusste, was sie zu erwarten hatte. „Ooooooh." Ein zweiter Höhepunkt schwappte über sie hinweg und ihr Körper bebte über ihm.

Sein Lachen war so sexy. „Halte durch, Süße." Sein Kiefer war angespannt, als er sie hochhob und dann in sie hämmerte, ihren Körper auf und ab bewegte. Ihre Brüste schaukelten und jeder neue Stoß seines Schaftes löste unbeschreibliche Empfindungen in ihr aus. Die Umgebung, die Menschen, alles außer ihm und diesen Empfindungen verblasste.

Ihm entrang ein kehliges Stöhnen und er riss sie an seine Brust. Sie spürte, wie sein Schwanz in ihr anschwoll und er zur Erlösung fand. Einfach unglaublich. Dieses Gefühl war mit nichts zu überbieten.

Er hatte ihr Orgasmen entlockt, die ihr wahrlich die Sinne geraubt hatten. Und dann hatte er sie für seine eigene Befriedigung benutzt, hatte sie an sich gezogen und war stöhnend gekommen. Sie erschauerte. Warum machte es sie so heiß, wenn er sich von ihr nahm, was er brauchte? Wenn er sie auf diese Weise benutzte?

Sie seufzte und versuchte, dem vibrierenden Penisring zu entkommen, der sich weiterhin gegen ihre hochempfindliche Klitoris presste.

„Zu empfindlich?", fragte er. Er wartete nicht auf ihre Antwort. Stattdessen hob er sie hoch, um ihr etwas Erleichterung zu verschaffen. Seine Augen waren von Lust verschleiert, sein Atem ging stoßweise. Er sah über alle

Maßen befriedigt aus. *Ich bin dafür verantwortlich.* Dieses Wissen füllte sie mit Glückshormonen.

Er bemerkte, dass sie ihn anstarrte. Lächelnd legte er eine Hand in ihren Nacken und zog sie zu sich. Sanft küsste er sie – der Kuss im totalen Kontrast zu seinem unnachgiebigen Griff.

Sie stöhnte an seinem Mund und fragte sich, wie seine Lippen gleichzeitig samtweich und so dominant sein konnten.

Kurzzeitig überließ er ihr die Führung und hob sie schließlich mit beiden Händen von seinem Schwanz herunter. Ohne sie loszulassen, stand er auf und setzte sie auf den Sessel. „Gib mir eine Minute. Ich bin gleich zurück."

Dieser Beweis seiner Stärke, den er so nebenbei abgeliefert hatte, ließ sie sprachlos zurück. Sie fand es so sexy, so barbarisch, wie er sie mit Leichtigkeit positionierte.

Als er zurückkam, fiel ihr auf, dass der Reißverschluss seiner Jeans geschlossen war. Wieder hob er sie hoch und setzte sich mit ihr in den Armen auf den Sessel. Sie machte es sich auf seinem Schoß bequem und kuschelte sich an ihn. Am liebsten hätte sie laut geschnurrt. Es war einfach perfekt.

Sie rieb ihre Wange an seiner Schulter und bemerkte, dass sie von einem Paar wenige Meter entfernt observiert wurden. Sofort erstarrte sie. Sie fühlte sich wie auf dem Präsentierteller. Was war nur mit ihr los? Sie spielte doch immer in der Öffentlichkeit. Zuschauer sollte sie gewohnt sein!

Sie musste sich eingestehen, dass der heutige Abend anders war: Sie und Virgil hatten viel miteinander ... geteilt. Verunsichert beobachtete sie, wie das Paar weiterging. Mittlerweile konnte sie Virgils Abneigung gegen Sessions in der Öffentlichkeit verstehen.

„Simons Sub meinte, dass du umziehen willst. Du willst San Francisco verlassen?" Einen Arm hatte er um sie gewickelt, während er mit den Fingern des anderen Arms über ihre Brüste zu ihrem Kinn wanderte. Er hob ihren Kopf und sie sah das Runzeln auf seiner Stirn. „Erzähl mir von deinen Plänen."

„Also, na ja." Er war zum Höhepunkt gekommen – warum also unterhielt er sich noch mit ihr? Er könnte aufstehen und sich aus dem Staub machen. Ein Lächeln huschte über ihre Lippen. Stattdessen war er an ihrem Leben interessiert und stellte ihr persönliche Fragen. In seinen Armen zu sein, seine warmen Hände auf ihr zu spüren, seine ungeteilte Aufmerksamkeit zu haben, machte sie unendlich glücklich. „Mir ist aufgefallen, dass ich mehr will ..."

Die Session hatte sie erschöpft. Sie lehnte ihren Kopf zurück an seine Schulter und kuschelte sich an ihn. Bei ihm fühlte sie sich so weiblich. Ein zufriedener Seufzer entrang ihr. Sie könnte ein Nickerchen vertragen, doch sein Interesse an ihrem Leben hielt sie wach. Er wollte mehr über sie erfahren. Über San Francisco. Ihre Wohnung. Ihre neue Anstellung.

Sie beantwortete alle seine Fragen, erzählte ihm, dass ihr

Leben in San Francisco sie nicht erfüllte, ja, sie sogar einengte. „Deswegen habe ich entschieden, den Job in Gold Beach anzunehmen. In zwei Wochen fange ich an. In vier Tagen muss ich aus meiner derzeitigen Wohnung ausziehen. Ich habe also keine Zeit zu verlieren."

Er war still. Zu still. Sie setzte sich aufrecht hin, um ihm ins Gesicht sehen zu können.

„Gold Beach ist in Oregon?", fragte er.

„Äh, ja. An der Küste."

„Über eine Tagesreise entfernt. Noch weiter weg als San Francisco." Seine Stimme war ruhig. Emotionslos. Für eine Minute schwieg er und sagte dann: „Ich muss gehen. Ich habe morgen Frühschicht."

„Oh." Ihre Enttäuschung schien ihre kleine private Ecke zu verdunkeln. „Okay." Widerwillig stand sie auf und suchte ihre Sachen zusammen.

Er trat hinter sie und half ihr mit den Schnürungen des Korsetts. „Sieht ganz so aus, als hätte ich mir meine eigene Bondage-Barbie angelacht."

Ihr Lachen verwandelte sich in ein Japsen, als sich seine Finger in ihren Ausschnitt schoben, um die linke Brust zu justieren.

„Wann musst du abreisen?", fragte er. Er rückte ihre andere Brust zurecht und zwickte dann rotzfrech in ihren Nippel. Ihr Körper summte und sie lehnte sich instinktiv mit dem Rücken gegen seine Brust. Sie suchte seine Nähe, seine Wärme.

„Äh. Was?" Sie drehte den Kopf, fand seinen Blick, sah

in seine belustigten Augen und erinnerte sich wieder an seine Frage. „Sonntag, um die Mittagszeit."

„Ich verstehe." Er drückte ihr einen leidenschaftlichen Kuss auf die Lippen, ohne seine Hand von ihrer Brust zu nehmen. „Ich muss morgen bis vierzehn Uhr arbeiten und danach ein paar Besorgungen machen. Hast du die Courage, mich zu begleiten, damit ich dir die Gegend zeigen kann?"

„Ich –" *Sei mutig.*

Bevor sie antworten konnte, zwang er sie, ihm in seine Augen zu sehen – in seine aufrichtigen Augen. „Kein Sex, kein Bondage. Ich will nur mit dir reden und dich vielleicht hin und wieder küssen. Das verspreche ich dir."

In ihrem Inneren trugen ihre Angst und ihr Verlangen, ihn treffen zu wollen, einen Kampf aus. Das Verlangen setzte sich durch. *Ja, ich will ihn treffen!* „Ja, gerne."

Am Nachmittag des nächsten Tages bog Virgil vor der Lodge ein. Die Sonne brachte die dünne Schneeschicht zum Funkeln. Er erblickte Summer, die vor ihrer winzigen Hütte auf ihn wartete. Sie trug einen leuchtend roten Parka. Er grinste. Sie sah aus wie ein äußerst erregender Rotkardinal. Seine Lebensgeister erwachten.

In der letzten Nacht hatte er keinen Schlaf gefunden. Das Bett hatte sich leer angefühlt. Er hatte sie in seinen Armen halten, ihren Duft nach Pfirsich und Vanille einatmen und ihre melodische Stimme hören wollen.

Verdammt, er hatte sie doch erst kennengelernt. Wie war es möglich, dass er sich so verzweifelt nach ihr sehnte?

Und doch war es so. Sie ging die Treppe hinunter und näherte sich ihm. Mit jedem Schritt wuchs seine Vorfreude, sie wieder in den Armen zu halten. *Fuck*, sie hatte seinen Schwanz gestern so gut geritten. Der Penisring hatte die Session noch intensiver ausfallen lassen.

Danke, Angie. Von all den Frauen, mit denen er zusammen gewesen war, hatte nur sie den Mut gehabt, ihm zu zeigen, wie viel Spaß Spielzeuge bringen konnten. Frauen, wirklich. Sie erworben Vibratoren und Dildos, und benutzten die Spielzeuge auch gern, aber eher fror die Hölle zu, als dass sie einem Mann von ihren Schätzen erzählen würden. Mittlerweile würde er bei jeder Frau darauf bestehen, ihre Sammlung zu sehen. Noch lieber würde er die Frau fesseln und jedes einzelne Spielzeug an ihr austesten. Er schnaubte. Anscheinend hatte er mehr von einem Dom, als er sich eingestehen wollte.

Mit den Fingern klopfte er gegen das Lenkrad und beobachtete, wie Summer über die Lichtung lief. Er unterdrückte den Drang, auszusteigen und sie zum Auto zu eskortieren. Ihre verdammten Ängste. Heute wollte er in Erfahrung bringen, was genau ihr vor einem Jahr zugestoßen war. Und dann ... Er runzelte die Stirn. Und dann, was? Morgen würde sie nach San Francisco zurückfahren, packen und umziehen.

Von der einen auf die andere Sekunde kippte seine Stimmung. Wie sollte er eine Beziehung aufrechterhalten, wenn die Hin- und Rückfahrt zu ihrem neuen Wohnort zwei Tage in Anspruch nahm? Das Flugzeug stellte keine brauchbare Option dar, bedachte man doch, wie weit der nächste Flughafen entfernt war. Sein Dienstplan ließ ihm auch nicht viel Zeit, verlängerte Wochenenden waren eine Rarität. Und würde sie sich trauen, ihn zu besuchen, wenn niemand vom Dark Haven dabei war?

Seine Gedanken wurden unterbrochen, als sie seinen Pickup erreichte. Ihre blonden Haare auf der roten Jacke, zusammen mit ihrem bezaubernden Lächeln, hebten seine Stimmung. Er stieg aus, um ihr die Beifahrertür zu öffnen.

„Danke." Sie sah ihm in die Augen und die pure Freude, die er in ihren blauen Tiefen sah, raubte ihm den Atem.

Er konnte nicht anders: Er zog sie an sich, packte mit beiden Händen ihren Hintern und küsste sie. Dass sie bei jedem Kuss wie Eis unter der Sonne dahinschmolz, entlockte ihm auch jetzt ein Stöhnen.

„Am liebsten würde ich dich in deine Blockhütte zerren und dich besinnungslos vögeln", knurrte er und beobachtete mit Genugtuung, wie sich ihre Wangen rot färbten.

„Ähm, also." Dann grinste sie. „Ich hätte nichts dagegen einzuwenden."

Er lachte. Wie konnte es sein, dass er sie nun noch mehr wollte als vor fünf Minuten? Er lehnte seine Stirn gegen die ihre und sagte: „Leider kann ich die Dinge auf meiner Liste nicht auf einen anderen Tag verschieben. Zudem habe ich die Hoffnung, dass wir abseits der Lodge miteinander reden können, ohne dass ich ständig daran denke, wie ich dich zu deinem nächsten Orgasmus bringe.“

„Gott, du bist so direkt“, murmelte sie, womit sie ihn erneut zum Lachen brachte.

„Dann lass uns fahren.“ Er hob sie in den Pickup und genoss es, sie auf diese simple Weise berühren zu dürfen. Bis zum Abend müsste er sich damit zufriedengeben.

Den Berg hoch fiel ihm auf, wie sie sich die Gegend ansah. Ihr Interesse an dem Ort, wo er lebte, erregte ihn. Immer wieder drosselte er das Tempo, um ihr ein Reh zu zeigen, oder auf die Blockhütten zu verweisen, die man nicht sofort erhaschen konnte. Auch musste er auf den Rotkardinal hinweisen, der ihn so stark an ihre Jacke erinnerte.

Am Ende der holprigen Straße parkte er das Auto vor dem Haus von Laurette Mann. „Miss Laurette, ich bin’s, Virgil“, rief er, als er aus dem Auto stieg. Summer wartete nicht auf seine Hilfe und hüpfte aus dem Pickup. Sie bückte sich, um die alte, graue Katze zu streicheln, die um ihre Beine schlich. Indessen lief Virgil zu der Ladefläche und entlud die Lebensmittel, die er für Laurette besorgt hatte.

Die betagte Witwe öffnete die Tür. Mit roten Wangen und funkelnden Augen sagte sie: „Virgil, komm rein! Der Tee ist gleich fertig.“

Er trat zur Seite, so dass Summer zuerst eintreten konnte. „Miss Laurette, das ist Summer. Sie ist aus San Francisco zu Besuch. Summer, Miss Laurette und ihr Mann haben dieses Haus vor mehr als dreißig Jahren zusammen entworfen und gebaut."

Summer drehte sich mit weit aufgerissenen Augen um ihre eigene Achse. „Das ist erstaunlich", sagte sie.

„Oh, ich danke dir." Laurette strahlte sie an. „Komm, ich gebe dir eine Führung."

Perfekt. „Ich verstaue in der Zeit die Lebensmittel und komme in einer Minute nach." Dann würde sich Laurette nicht über die Extras aufregen, die er wie immer den Einkäufen hinzugefügt hatte.

KAPITEL NEUN

N**ach einem Tässchen** Tee mit Laurette fuhr Virgil über einen Forstweg direkt in den Wald, um an sein liebstes Fleckchen Erde zu gelangen. „Wir sind da." Nicht unweit des teilweise zugefrorenen Bachs breitete er auf dem Boden eine dicke Decke aus.

Stirnrunzelnd folgte ihm Summer mit dem Picknickkorb. „Es ist mitten im Winter. Nicht gerade Picknicksaison."

Verdammt, sie war wunderschön. Er nahm Platz, zog sie zu sich auf die Picknickdecke und wickelte eine weitere Decke um ihren und seinen Körper. Die perfekte Ausrede, um sie an sich zu pressen. Er gab ihr ein Schinkensandwich und stellte ein Thermogefäß mit Suppe vor ihr ab.

„Iss, meine Schöne." Er küsste ihre Wange und wandte sich seinem eigenen Essen zu.

„Menschen aus dem Mittleren Westen sind intelligent genug, um mit Picknicks bis zum Sommer zu warten."

Schmunzelnd biss er in sein Sandwich. „Weil sie Schwächlinge sind, die keine Kälte aushalten."

Sie stieß ihm mit dem Ellbogen in die Rippen und er prustete ein Lachen heraus.

Sie ignorierte ihn, ließ ihren Blick über die schneebedeckten Bäume schweifen, bevor sie die Augen schloss, um in den vollen Sinnesgenuss des plätschernden Baches zu kommen. „Es ist so schön hier", sagte sie. Dann schwieg sie. Es schien, als wolle sie den Moment nicht mit sinnloser Unterhaltung ruinieren. Hier in der Natur, ohne sexuelle Spannung in der Luft, musste er wieder einmal feststellen, wie sehr er Summer mochte.

In den letzten Stunden hatte er einen genaueren Blick auf ihre Persönlichkeit werfen können. Im Auto hatte sie ihm aufgezählt, wie er und sein Bruder Laurettes Leben vereinfachen konnten, mit Haltegriffen im Badezimmer oder rutschhemmenden Unterlagen. Wenn er ihr nicht versichert hätte, dass er sich darum kümmern würde, hätte sie die Sache zweifellos selbst in die Hand genommen. Sie war eine herzliche, fürsorgliche und durchsetzungsfähige Frau.

Summer hatte sich an ihn gekuschelt und ihren Kopf auf seine Schulter gelegt. In diesem Moment wünschte er sich, dass die Zeit stehen blieb.

Im Unterholz raschelte es. Er wies sie an, ruhig zu sein.

Er hatte diese Stelle aus einem bestimmten Grund gewählt. Er wies auf den Waldrand, gerade, als sich drei Rehe aus der Deckung wagten, um zum Trinken an den Bach zu kommen.

Nach dem Essen und dem Erlebnis in der Natur stiegen sie den Abhang zum Auto hoch, und er hörte sie seufzen. „Es ist wunderschön hier. Rund um Gold Beach soll es Wanderwege geben, wurde mir erzählt. Ich möchte in Zukunft mehr Zeit in der Stille des Waldes verbringen."

Wie zum Teufel sollte er die Entfernung zu ihr überstehen? Er räusperte sich. „Wird dir San Francisco fehlen?"

„Natürlich, aber nicht die Stadt an sich, sondern meine Freunde."

„Ah." Ja, sie war eine Person, die Geselligkeit liebte. Er fuhr mit der Hand durch ihr Haar und spielte mit den seidigen Strähnen. Der Hauch von Vanille reizte ihn dazu, ihr die Kleidung vom Körper zu reißen und sie zu kosten. Er schüttelte den Gedanken von sich und fragte: „Wo lebt deine Familie?"

„Nebraska. Mein Bruder und meine Mom leben auf einer Farm. Ich liebe sie, aber ich wollte immer mehr von der Welt sehen."

„Von einer Farm nach San Francisco. Das muss ein Kulturschock für dich gewesen sein." Er musterte sie. „Du hast dir also einen Job gesucht, um nach San Francisco kommen zu können?"

„Wenn ich ehrlich bin, nein." Sie entließ ein verbittertes

Schnaufen. „Ich war so naiv. Ich habe mich in einen Kerl verliebt, der aus San Francisco zu Besuch war. Als er mich fragte, ob ich mit ihm kommen will, habe ich freudestrahlend meine Sachen gepackt."

„Was ist dann passiert?"

„Was immer passiert: Er hat eine andere Frau für sich entdeckt und hat mich vor die Tür gesetzt." Beschämt sah sie auf ihre Hände. „Gott, ich war so dumm."

„Für die Liebe ein Risiko einzugehen, ist niemals dumm, Süße." Ihr unglücklicher Gesichtsausdruck rührte sein Herz und verärgerte ihn. Dumm war seiner Meinung nach nur, dass der Kerl gerade nicht hier war, um ihm die Fresse zu polieren. „Was ist nach eurer Trennung passiert?"

„Mom und Andy waren knapp bei Kasse, während ich ohne Geld und ohne Freunde in einer fremden Stadt gestrandet war. Zudem hatte ich noch darauf warten müssen, dass meine Lizenz als Krankenschwester von den zuständigen Behörden in Kaliforniern akzeptiert wird. Ich entschied für die Übergangszeit, einen Job als Kellnerin anzunehmen. Heute bezeichne ich diesen Abschnitt meines Lebens als eine Lektion in Überlebenstraining." Sie klang heiter, doch er konnte in ihren Augen sehen, dass es keine einfache Zeit für sie gewesen war.

Er zog sie beschützend an sich, obwohl er wusste, dass die Vergangenheit bereits ihr Werk vollbracht hatte.

Nach einer Weile in seinen Armen zuckte sie mit den Achseln und schenkte ihm ein zittriges Lächeln. „Durch ihn habe ich den Mut gefunden, Nebraska zu verlassen. Meine Träume hatten nie San Francisco beinhaltet und trotzdem habe ich meinen Weg in dieser Stadt gefunden. Es gibt also immer auch eine gute Seite.“

„Und du bist der Typ Mensch, der stets das Gute an einer Situation findet.“ Er presste einen Kuss auf ihre Lippen. In den letzten Stunden hatte sie es geschafft, sich in seinem Herzen einzunisten. *Nur ein Kuss*, musste er sich in Erinnerung rufen. Er durfte es nicht ausarten lassen. Schließlich wollte er nicht, dass sie Angst bekam! Allerdings hatte er jetzt das starke Bedürfnis, in Erfahrung zu bringen, woher die Angst bei ihr rührte.

***Sie wollte ihn** bis in alle Ewigkeit küssen,* dachte Summer.

Er knabberte an ihrer Unterlippe und zog sich dann zurück. „Erzähl mir von dem Vorfall, den Simon erwähnt hat.“ Seine Stimme war tiefer und rauer geworden – keine Bitte, sondern ein Befehl.

Ihr stockte der Atem. „Das –“

„Summer, ich muss wissen, was passiert ist. Nicht nur, weil du mir etwas bedeutest“ – er küsste ihre Handfläche – „sondern auch, weil ich dein Dom bin.“ Seine Augen hielten ihren Blick gefangen. „Erzähl’s mir.“

Recht hatte er. Jedoch verabscheute sie den Gedanken, den netten Nachmittag mit der Erinnerung an diesen Tag zu ruinieren.

Er wartete, so unbeweglich wie die Berge, die sie umgaben.

„Also gut." Sie versuchte, ihre Hand aus seiner zu ziehen. Erfolglos. Kein Zurückweichen gestattet – weder emotional noch körperlich. „Ich hatte im Dark Haven einen Dom kennengelernt. Die Party bei Simon war unser erstes Date außerhalb des Clubs." *Gott,* sie hatte so unüberlegt gehandelt.

In seiner sanften Stimme war keine Verurteilung zu hören: „Das klingt doch, als hättest du deine Sicherheit im Auge behalten."

„Im Nachhinein danke ich Gott dafür, dass ich nicht mit ihm in seine Wohnung bin." Sie starrte auf ihre Hand, die zwischen seinen warmen Fingern eingeschlossen war. „Gleich nach der Ankunft bei der Party hat er darauf bestanden, ein privates Eckchen für uns zu finden." Sie spürte, wie sich seine Finger um ihre Hand anspannten und bemerkte erst jetzt, dass Virgil im Dark Haven etwas Ähnliches zu ihr gesagt hatte. *Oh Gott.* Eine Entschuldigung von ihm würde alles nur noch schlimmer machen, weswegen sie schnell weitersprach: „Der Bereich unter der Treppe hat ihm zugesagt. Dort hat er mich an einen Pfosten gefesselt und geknebelt."

Sie konnte den Ballknebel aus Gummi regelrecht schmecken. Der Speichel war ihr vom Kinn getropft. Es war so erniedrigend gewesen. Sie schluckte schwer. Sie hatte würgen müssen. Sie hatte verzweifelt mit dem Kopf geschüttelt, hatte ihr Safeword benutzt. Sie wusste, dass er sie verstanden hatte, trotzdem entschied er, sie zu ignorieren. Das war der Moment gewesen, in dem sie wahre Todesangst erfahren musste.

„Erzähl weiter." Virgil brachte sie zurück in die Gegenwart.

„Er hat einen Rohrstock benutzt." Jeder Schlag hatte sich wie ein Messerstich angefühlt. „Er hat gehört, wie ich wieder und wieder mein genuscheltes Safeword benutzt habe, aber der Knebel verhinderte, dass mir jemand zur Hilfe kam." *Und so folgte ein grauenvoller Schlag dem nächsten, bis meine Haut in Fetzen von mir hing.* Ein roter Nebel hatte sich über sie gelegt. Es hatte nur noch Schmerz existiert. Sie hatte geschrien, an den Fesseln gezogen, an den Handgelenken gerissen, nichts hatte geholfen. Sie hatte sich wie ein Tier kurz vor der Schlachtung gefühlt. „Er hat einfach g-gelacht ... und mich weiter geschlagen."

Stille.

Sie wagte es, ihm ins Gesicht zu sehen. Er hatte die Augen geschlossen, sein Kiefer angespannt. „Virgil?" Seine Augen öffneten sich. Grüne Verärgerung schoss ihr entgegen und bei dem Anblick zuckte sie zusammen.

Sie sah ihm an, wie schwer es ihm fiel, die Fassung nicht zu verlieren. „Es tut mir leid, aber der Gedanke daran, dass du vollkommen hilflos warst und dir jemand wehgetan hat, macht mich ... nicht gerade glücklich." Er legte einen Arm um sie und zog sie an sich. „Was ist dann passiert?"

Sein Arm fühlte sich schwer an, warm, tröstend. Seine Stärke bekämpfte die bösen Erinnerungen und gab ihr die

Kraft, ihre Geschichte zu erzählen. „Rona ist passiert, Simons Sub. Sie ist vorbeigelaufen und konnte mein genuscheltes ‚Rot' hören. Sie hat Alarm geschlagen, woraufhin Simon sich sofort eingemischt hat." Sie rieb ihre Wange an seiner Brust. „Die Hunt-Brüder waren auch dort."

„Logan, Jake und Simon?" Seine Verärgerung verließ langsam seinen angespannten Körper. „Und, lebt der Hundesohn noch?"

Sie wollte lachen, aber ihre Kehle war wie zugeschnürt. „Erst gestern wurde mir erzählt, dass Simon ihm die Nase gebrochen hat. Auch die Hunt-Brüder haben ihn nicht ungeschoren davonkommen lassen."

„Das war nicht genug, wenn du mich fragst", knurrte Virgil. „Wie schlimm warst du zugerichtet?"

Es hatte sich angefühlt, als hätte sie in Flammen gestanden. Sie erschauerte und riss sich von der Erinnerung los. Gott sei Dank hatte der Pfosten, an dem er sie gebunden hatte, ihre Vorderseite beschützt. „Es hat noch eine Weile wehgetan", sagte sie leichthin.

„Erzähl mir keinen Scheiß, Summer. Wenn ich dich etwas frage, dann will ich eine ehrliche Antwort."

„Also gut: Es hat wie verrückt wehgetan!", fuhr sie ihn an. „Blut, blaue Flecken, Haut, die in Fetzen von meinem Rücken hing. Auch zwei Tage später hatte ich noch Blut in meinem Urin."

„Heilige Scheiße." Er zog sie auf seinen Schoß und hielt sie so eng an seine Brust, dass ihre Rippen knackten. „Jetzt wundert mich gar nichts mehr. Ich habe die Narben auf deinem Rücken gesehen. Sind die –?“

„Ja.“ Er hatte die Narben gesehen und nichts gesagt. „Eine Freundin von mir – auch eine Krankenschwester – hat mich danach zu sich genommen. Sie hat mich gut versorgt.“

„Es überrascht mich ein wenig, dass du dich nach diesem Erlebnis wieder an BDSM gewagt hast.“ Der Respekt in seiner Stimme stellte positive Sachen mit ihrem Herz an.

Sie kuschelte sich enger an ihn. „Das wollte ich eigentlich auch nicht. Simon hat jedoch nicht lockergelassen und hat mich in den Club zurückgezerrt.“

Virgil schnaubte wütend und sie bemerkte ihren Fehler. *Zurückgezerrt.* „Nein, nein, so meinte ich das nicht. Rona ist in der Krankenhausverwaltung tätig. Sie hat mich wiedererkannt. Eines Tages ist Simon aufgetaucht. Wir haben in der Cafeteria zusammen einen Kaffee getrunken. Dort hat er mir Fragen gestellt: Über meine bisherigen Erfahrungen, meine Vorlieben. Ich vermute, er konnte sehen, dass ich ...“ *Es brauche, es will.* „Na ja, wie auch immer. Die beiden haben mich schlussendlich davon überzeugt, in den Club zurückzukommen. Sie haben auf mich aufgepasst. Er hat mich weiterhin erfahrenen Doms vorgestellt, aber die haben mir Angst gemacht.“

„Ich verstehe.“ Sein Kinn ruhte auf ihrem Kopf. „Du weißt gar nicht, wie froh ich bin, dass du entschieden hast, mir eine Chance zu geben, Baby. Anscheinend bin ich am richtigen Tag aufgetaucht“, sagte er.

Sie zögerte. Offensichtlich lag es an ihm, dass die Worte

heute nur so aus ihr heraussprudelten. „Vor einem Jahr hätte ich es nie für möglich gehalten, dass ich es irgendwann wieder wagen würde. Ich weiß nicht warum, aber ich vertraue dir. Selbst wenn du mir Angst machst."

„Mmmh." Seine Arme festigten sich um ihren Körper. „Dann sehen wir mal, wie es für uns von diesem Punkt an weiter ergeht."

Bis sie bei der Lodge ankamen, war die Nacht bereits übers Land eingebrochen. Auf der Veranda drehte Summer sich zu ihm um. Sie wollte sich von Virgil verabschieden, da wäre sie beinahe über Logans Hund gestolpert, der ausgestreckt vor der Tür lag. Direkt neben ihm saß eine monströse Katze.

„Hast du schon mit Thor und Mufasa Bekanntschaft gemacht, Summer?" Virgil zelebrierte die Vorstellung mit der gleichen Formalität wie bei Laurette.

Nachdem der Hund zur Begrüßung eine Pfote in ihre Hand gelegt hatte, kam die Katze zu ihr geschlichen.

„Sieh dich nur an, mein Großer. Du bist wunderschön", sagte Summer und hielt der Katze die Hand vor die Nase.

Mufasa schnupperte an ihrem Zeigefinger und rieb dann seinen Kopf an ihrer Hand. *Akzeptiert. Du darfst mich jetzt streicheln.*

Grinsend kam Summer seinem wortlosen Befehl nach. Das gefleckte Winterfell war dick und weich. Wie hatte sie es so lange ohne ein Tier zum Schmusen ausgehalten? „Ich will einen Hund."

„Warum hast du keinen?" Virgil streichelte Thor. Der Hund schien so entzückt, dass er sich auf den Rücken legte und seinen Bauch präsentierte.

„Ich konnte mir kaum die winzige Wohnung leisten, und schon gar nicht eine, in der Haustiere erlaubt sind. Vielleicht kann ich mir nach dem Umzug einen Hund holen." Sehnsucht füllte ihr Herz. Einen Hund zum Liebhaben. Ein Geschöpf, das sie brauchte.

„Ich hoffe es für dich." Virgil lehnte sich vor und küsste sie sanft. „Ich bin in ein paar Stunden zurück, so gegen um neun. Bis dahin möchte ich, dass du dich fertig machst und in der Lodge auf mich wartest." Er streichelte über ihre Wange. „Ich kann es nicht erwarten, dich endlich wieder zu berühren. Ich möchte deinen Lauten lauschen, wenn ich an deinen süßen Nippeln knabbere, und ich will spüren, wie du um meinen Schwanz herum kommst."

Unter dem Feuer in seinen Augen schmolz sie dahin.

Er grinste und legte ihre etwas in die Hand: eine Box und eine Tube Gleitgel. „Der Inhalt in dieser Box ist dafür gedacht, um dein süßes Loch ein wenig für mich vorzubereiten. Führe ihn ein und zieh ihn erst kurz vor neun wieder raus."

Sie öffnete die Box und runzelte die Stirn beim Anblick des Analplugs. Er hatte vor, sie an den Hüften zu packen und von hinten zu nehmen? Es würde wehtun, und sich gleichzeitig so gut anfühlen. Sie erschauerte, hob den Blick und fand seine Tiefen. Er war so selbstsicher. Sie nickte, jedoch brachte sie kein einziges Wort heraus. Ihr Mund war vollkommen ausgetrocknet.

„Meine mutige Schönheit“, flüsterte er. Seine Worte fühlten sich wie eine Brise an, die sanft ihr Herz streichelte.

KAPITEL ZEHN

K**urz vor neun** Uhr abends trat Summer in die Lodge, zog ihren Mantel aus und stellte die Stiefel neben die anderen. Sie grinste, als sie die Musik hörte, die Logan für den Beginn der Nacht gewählt hatte. Auf den Peitschenknall in Adam Lamberts Song *For your Entertainment* gab es regelmäßig eine Antwort aus dem hinteren Teil der Lodge. Im Licht von Wandleuchtern und dem Kaminfeuer legten Doms die Spielzeuge für ihre Sessions raus. Ganz in der Nähe wartete eine Sub geduldig neben ihrem Dom, der sie für eine Suspension-Bondage-Session vorbereitete.

Abseits stand Logan, den Arm um Rebecca, und führte Aufsicht. Er ließ seinen Blick anerkennend über Summer schweifen. „Sehr sexy, Kleine."

Sie lächelte. Logans Kompliment und Rebeccas subtile *Daumen-hoch*-Geste wärmten ihr das Herz. Anscheinend hatte sich die Stunde gelohnt, in der sie sich fertiggemacht hatte. Sie hatte Maryanns Style kopiert, sich ein paar Haarsträhnen geflochten und dabei blaue Bänder eingewoben, farblich passend zu ihrem Korsett. Ihr Make-up war auffällig, die Aufmerksamkeit lag auf ihren großen, blauen Augen. Sie hoffte, dass ihr Lippenstift Virgil dazu verführen würde, einen Blowjob von ihr zu verlangen.

Sie würde ihm gerne einen blasen. *Oh ja.* Sie hatten bereits zwei Abende zusammen verbracht und sie hatte noch keine Chance bekommen, mit seinem Schwanz zu spielen. *Eine Schande.* Zuerst würde sie ihn mit der Zunge erkunden, seine Eichel umkreisen. Sie wollte ihn eine Zeit necken, ihn foltern. Würde er vor Ungeduld ihre Haare packen und sie –

Die Eingangstür öffnete sich. Eine kalte Brise wehte in den Hauptraum und brachte wirbelnde Schneeflocken mit sich und einen Mann so groß wie ein Bär. *Virgil.* Ihr Herz machte einen Salto.

Er warf seinen Mantel auf die Couch und stapfte auf die Matte, um sich dem Schnee zu entledigen. Er kam im typischen BDSM-Look daher: schwarze Jeans und ebenso farbene Stiefel. Bisher hatte sie jedoch noch keinen Dom kennengelernt, der dazu ein grau-schwarzes Flanellhemd trug. Sie schüttelte amüsiert den Kopf. Der Mann hatte in allen Dingen seine eigene Vorgehensweise.

Dann sah er sie und seine Augen glitten über ihren Körper, hielten kurz inne bei ihren Brüsten, bevor es weiter zu ihren nackten Schenkeln ging. Ein Feuer entbrannte in seinen graublauen Tiefen, das die Flamme der Lust in ihr schürte. Er neigte den Kopf. „Du bist die heißeste Frau, die ich jemals gesehen habe."

Die Aufrichtigkeit in seiner Stimme warf sie aus der Bahn. Sicher, sie war nicht hässlich, doch ein Kompliment von ihm richtete Dinge mit ihr an, die unbeschreiblich erregend waren. „Danke, Sir."

Virgil nickte Logan zu und legte dann einen Arm um ihre Schulter. „Lass uns Wasser holen und über heute Nacht reden."

Auf halbem Wege in die Küche rief Simon vom Kamin aus nach Virgil. „Rona will Ski fahren gehen, während wir hier sind. Kannst du mir eine gute Stelle empfehlen?"

„Sogar mehrere. Hast du einen Stift?", fragte Virgil.

Sah ganz danach aus, als würde das ein paar Minuten dauern. „Ich hole uns Wasser und komme dann zu dir", sagte sie.

„Danke, meine Süße." Virgil drückte dankbar ihren Arm. „Wir reden auch nicht lange, versprochen."

Lächelnd betrat sie die Küche. Bei ihm fühlte sie sich wertgeschätzt. Und sexy.

Ein massiger, bierbauchiger Mann stand neben dem Kühlschrank. „Na, heißes Schneckchen", sagte er mit einem lasziven Blick, seine Bierflasche schwenkend.

Leider gab es Zeiten, in denen es nicht vorteilhaft war, sexy auszusehen. „Hi." Sie lächelte ihm freundlich, aber unterkühlt zu.

Auf dem Weg zum Kühlschrank machte sie einen

großen Bogen um ihn und bemerkte dabei, dass er anstatt der allseits beliebten Fetischkleidung den Overall einer Gasgesellschaft trug. Sehr merkwürdig.

Als er einen großzügigen Schluck von seinem Bier nahm, runzelte sie die Stirn. Im Dark Haven gab es strenge Regeln. Eine davon: kein Alkohol vor einer BDSM-Session. „Sehr interessante Party", sagte er und wies mit dem Kinn zum Flur.

„Hmmhmm." Sie öffnete die Kühlschranktür, als sie plötzlich eine Hand an ihrem Hintern spürte. *Verdammt!* Sie wirbelte herum und funkelte ihn wütend an.

Er schnaubte. „Tu nicht so, als wärst du die Unschuld vom Lande. Ich habe doch gesehen, was hier abgeht. Eine große Orgie. Wir beide werden uns jetzt auch ein bisschen amüsieren." Seine Augen schweiften über ihren Körper. *Kotz!*

„Kein Interesse." *So ein verdammter Widerling!*

Sein Gesicht wurde rot und sein Ausdruck veränderte sich zu einem, der Brutalität und Vergewaltigung im Sinn hatte. „Du kleine Fotze. Schlampen haben nicht das Recht, auf diese Weise mit mir zu sprechen." Seine Worte hallten in der Küche wider ... in der sehr leeren Küche.

Das unbehagliche Gefühl in ihr intensivierte sich, als sie bemerkte, dass er sie in die Enge getrieben hatte. Sie war zwischen einem Tisch und der Wand mit den Küchengeräten eingeklemmt. Er blockierte ihr den einzigen Fluchtweg.

Sie wich einen weiteren Schritt zurück und versuchte,

die aufkeimende Panik in den Griff zu bekommen. *Ich bin nicht gefesselt. Ich bin nicht geknebelt. Ich bin nicht hilflos.* Sie drückte die Schultern durch und sah ihm mutig in seine Augen. „Verschwinde, bevor du etwas tust, dass du später bereuen wirst."

Er kratzte sich an den Eiern und starrte sie aus seinen glasigen Knopfaugen an. „Du wirst mich jetzt ranlassen. Mir steht auch eine kleine Belohnung zu." Sie konnte den Alkohol in seinem Atem riechen.

Er ist besoffen. Das ist sehr schlecht. Ihr Herz hämmerte gegen ihren Brustkorb. Summer nahm ihre Kampfstellung ein und hob die Fäuste. *Ich bin nicht geknebelt.* „Hilfe!", schrie sie.

„Verfickte Schlampe!" Er griff nach ihr.

Sie unterdrückte ein erschrecktes Quietschen und stieß seinen Arm weg. Dann holte sie aus und legte ihr gesamtes Gewicht in den Fausthieb. Daraufhin breitete sich Schmerz von ihren Fingerknöcheln in ihrer ganzen Hand aus.

Rückwärts taumelnd krachte er direkt gegen etwas Massiges. Der Mann wirbelte herum. Virgil baute sich vor dem Typen auf und schubste ihn. Das Arschloch fiel gegen den Kühlschrank, seine Augen verloren den Fokus.

Virgil ließ seinen Blick über Summer schweifen, musternd, prüfend, und schenkte ihr ein aufmunterndes Lächeln. Trotz allem konnte sie sehen, wie wütend er war.

Okay, sein Timing war spitze. Sie merkte, dass ihre Hände noch immer zu Fäusten geballt waren und versuchte, sich zu entspannen.

„Das war keine gute Idee, mein Herr." Virgils Stimme war leise und äußerst bedrohlich. „Der letzte Idiot, der eine Vergewaltigung versucht hatte, wurde an die Dominas übergeben, die ihm mit ihren Peitschen einen Denkzettel verpassten. Sein Schwanz ist dabei nicht gut weggekommen, das kann ich dir sagen."

Es dauerte einen Moment, bis es bei dem Mann klick machte. Sie konnte genau sehen, wann dieser Augenblick gekommen war, denn jegliche Farbe wich aus seinem Gesicht. „Ich ... Es ist doch nichts passiert." Er warf Summer einen flehenden Blick zu. „Es hat mich einfach so überkommen."

Ohne seinen panischen Blick von Virgil zu nehmen, quetschte er sich an ihm vorbei. Als er das geschafft hatte, taumelte er zur Hintertür. Dann sah er Simon und Logan vom Flur hereinkommen, woraufhin er seine Augen weit aufriss und schnellstmöglich das Gebäude verließ.

Logans Miene war versteinert, dann sprach er Summer an: „Es tut mir leid, Süße. Sein LKW hatte eine Panne und der Abschleppdienst kann erst morgen kommen. Ich habe ihm eine Hütte für die Nacht gegeben, die er nicht hätte verlassen dürfen."

Sie schluckte schwer. „Es ist nicht deine Schuld, dass er Anordnungen nicht befolgen kann." Sie wickelte die Arme um sich. Ihr war so kalt.

„Summer." Virgils tiefe Stimme ließ sie aufschauen. Er streckte seine Hand aus. Sie zögerte nur eine Sekunde und flog dann in seine Arme.

Er war wie eine Decke, die Sicherheit und Wärme bot. „Beeindruckender Schlag, meine kleine Schlägerbraut", flüsterte er ihr ins Ohr. „Geht's dir gut?"

Sie nickte. Natürlich wusste sie, dass ihr Körper eine andere Sprache sprach. Er sagte jedoch nichts, hielt sie einfach in seinen starken Armen, sein Flanellhemd weich unter ihrer Wange und dem Geruch der Natur anhaftend.

Um sie herum unterhielten sich die Männer. Logan knurrte eine Warnung, dass er dem Mann in der Umgebung seine Geschäfte ruinieren würde. Dann sprach er Virgils aberwitzige Drohung an. „Peitschenschwingende Dominas?"

Virgil lachte. „Der Idiot hat's mir abgekauft."

„Sehr kreativ. Ich bin beeindruckt", sagte Simon. „Zuerst habe ich gedacht, dass du mit ihm den Boden wischen wirst."

Virgil zuckte mit den Schultern. „Das hat Summer für mich erledigt. In meinem Job habe ich bereits genug Gewalt. Sicher, ich hätte ihm eine auf die Fresse hauen können, ich bevorzuge aber stets eine gewaltfreie Lösung."

Summer hob ihren Kopf und fand Simons Blick. Er zwinkerte ihr zu. Dieser verflixte Dom war wie eine brütende Glucke. Er versuchte immer noch, ihr klarzumachen, dass Virgil ein guter Kerl war.

Als wüsste sie das nicht schon. Zugegeben: Es hatte etwas länger gedauert, das zu erkennen, mittlerweile verstand sie aber sehr gut, was für eine Art Mann Virgil Masterson war. Ein letztes Mal rieb sie ihre Wange an seiner harten Brust und fragte: „Wie bist du so schnell in die Küche gelangt?"

„Es gefällt mir nicht, dich auf einer Party wie dieser zu lange aus den Augen zu lassen." Er fuhr mit dem Finger entlang ihres Kiefers.

„Oh." Ihr persönlicher Schutzengel. Das gefiel ihr. „Danke, dass du mich beschützt hast."

„Gehört zur Jobbeschreibung", murmelte er.

Sie neigte den Kopf. „Von welchem Job?"

Die Lachfalten an seinen Augen vertieften sich. „Von beiden, Baby." Dem listigen Grinsen auf seinen Lippen zu urteilen, meinte er es auch so. „Ich hole dir jetzt dein Wasser und dann suchen wir uns ein ruhiges Plätzchen zum Reden."

Er wollte in der Lodge bleiben, obwohl er es nicht mochte, in der Öffentlichkeit zu spielen. Er tat es für sie, weil sie so ein ... Feigling war. Wie hatte sie jemals denken können, dass er ihr wehtun würde? Und wie lange wollte sie Dirk noch die Kontrolle über ihr Leben geben? „Eigentlich ..." Sie atmete zittrig ein. Der ganze Sauerstoff schien plötzlich dem Raum gewichen zu sein. Sie fand ihren Mut und platzte heraus: „Eigentlich würde ich gerne dein Zuhause sehen und dort mit dir reden, wenn das okay ist."

Sie hatte ihn überrascht. Er verengte die Augen und musterte sie für einen langen Zeitraum. Sein Blick wanderte zu ihren Schultern, über ihre Arme und zu ihren Händen. Das war der Blick eines Polizisten. Dann nickte er und lächelte. „Das ist mehr als okay. Brauchst du noch etwas aus deiner Hütte oder soll ich dich lieber schnell in mein Auto packen, bevor dich der Mut verlässt?“

Oh. Guter Punkt. „Je schneller, desto besser. Lass uns verschwinden.“

Sein Lachen erfüllte den Raum. „Dagegen habe ich keine Einwände zu erheben.“

Während Virgil das Auto über eine schmale Straße lenkte, versuchte Summer ihr Bestes, ihre Atmung unter Kontrolle zu bekommen. Nicht mehr lange. Die Schotterstraße führte ins Tal mit weiten Wiesen, einer Scheune und einer Pferdekoppel auf der einen Seite. Nicht zu vergessen die schneebedeckten Weiden in der Ferne, die im Mondlicht fast ein bisschen gespenstisch schimmerten. Die Scheinwerfer des Autos zeigten erst den Wald und dann ein massives, zweistöckiges Blockhaus.

Durch eine Seitentür brachte er sie ins Haus. Nachdem er ihr die Stiefel ausgezogen hatte, führte er sie die Treppe hoch, öffnete eine der zwei Türen und knipste das Licht an.

Das gemütliche Wohnzimmer zauberte ein Lächeln auf ihre Lippen: bequem aussehende, braune Sessel gleich neben einem dunkelgrünen Sofa. Etwas abseits stand eine Ottomane aus Leder, auf der eine aufgeblätterte Tageszeitung lag. Gegenüber von dem Wohnbereich konnte sie durch eine offene Tür ins Schlafzimmer sehen. *Verdammt.*

Virgil hatte sich im Obergeschoss eine Suite eingerichtet, die mehr Raum bot als ihr Apartment in San Francisco.

Er nahm ihr den Mantel ab. Während er zur Garderobe ging, vergrub sie ihre Zehen in dem weichen Teppich. *Ich habe keine Angst, ich habe keine Angst, ich habe keine Angst.*

„Ich werd' Feuer machen." Er stellte seine Ledertasche mit dem Equipment und den Spielzeugen neben die Couch und kniete sich vor den Kamin. Auf dem Sims stand eine ganze Herde geschnitzter Pferde. Taschenbücher füllten die eingebauten Bücherregale. Er las gern. Das war ihr neu.

Was wusste sie sonst noch nicht über ihn? Die Sorge nagte an ihr.

Zu ihrer Rechten war ein Flat-Screen-Fernseher und weitere Regale, diesmal mit DVDs. Cremefarbene Wände und Gemälde von Remington sorgten für eine warme und doch maskuline Atmosphäre. Sie lächelte. Die abgetragene Westernkleidung war definitiv kein Kostüm gewesen.

Sie hörte, wie er die Glastür des Kamins schloss und dann das große Licht ausmachte. Die einzig verbleibende Lichtquelle war das Feuer im Kamin. Er nahm eine Fernbedienung, drückte einen Knopf und die Stimme von Enya füllte den Raum.

Er schaffte perfekte Rahmenbedingungen. Sie bekam Gänsehaut.

„Summer." Er streckte seine Hand nach ihr aus.

Ohne zu zögern, ging sie zu ihm, wünschte jedoch, dass sie anstelle der Fetischkleidung eine Jeans und ein Flanellhemd tragen würde.

„Kann ich dir was zum Trinken anbieten?"

Sie konnte nicht antworten, ihr Mund war ausgetrocknet.

„Du bist nervös, oder?", fragte er. Er wartete nicht auf ihre Antwort, sondern ergriff sofort die Initiative: Er umfasste ihre Oberarme, hob sie auf die Zehenspitzen und küsste sie. Nicht sanft, nicht zärtlich, nein, sie konnte die aufgestaute Begierde auf seinen Lippen schmecken. Sein Mund verlangte nach einer Reaktion von ihr, die sie ihm auch gab. Sie hörte auf, zu denken. Stattdessen hatte sie nun das Gefühl, dass alle ihre Gedanken wie Blätter bei einem Herbststurm aufgewirbelt wurden.

Als er sie losließ, wollte sie ihn mit jeder Faser ihres Seins.

„Das war mein Ziel: Diesen Ausdruck in deinen wunderschönen Augen wollte ich sehen." Seine Stimme klang heiser und die goldenen Flecken in seinen blaugrauen Tiefen glühten vor Verlangen.

Sie schluckte schwer und rieb mit ihren schweißnassen Händen über ihren Rock. Sein Lächeln erreichte seine Augen und die Lachfältchen vertieften sich. „Immer, wenn ich dich in deinen heißen Klamotten sehe, kann ich nur daran denken, sie dir vom Leib zu reißen." Er wandte sich den kleinen Häkchen an ihrem Korsett zu. Seine Hände waren warm. Die schwieligen Finger streiften immer wieder ihre Nippel und sie salutierten ihm.

Sie wollte – musste – ihn berühren. Ihre Hände wanderten über seine Oberarme. Bei dem Gefühl seiner tanzenden Muskeln unter ihren Fingerspitzen zuckte ihr Geschlecht. Er war so stark.

Er warf ihr Korsett auf einen Sessel. Schon bald leistete der Lederrock dem Korsett Gesellschaft und sie stand nackt vor ihm. Entblößt und verletzlich. In ihr regte sich die Begierde.

Als sie erschauerte – trotz der wohligen Wärme im Raum – platzierte er sie auf der gepolsterten Armlehne der Couch und rückte das Möbelstück näher zum Kamin.

Sie konnte die Wärme des Feuers spüren und hörte das Knacken der Holzscheite. Warum schaffte es bloßes Feuer, einen primitiven Trieb in ihr auszulösen? Sie schüttelte ihren Kopf. War vermutlich derselbe Trieb, der auch ihre Vorliebe zu starken Männern nährte.

Indem Virgil durch ihre Haare strich, riss er sie aus ihren Gedanken. Stirnrunzelnd sah sie ihm in die Augen. „Du bist immer noch angezogen."

„Gut beobachtet." Er lächelte, gab ihr einen kleinen Schubs und sie fiel rückwärts auf die Couch.

„Hey!" Sie landete mit ihrem Rücken auf dem weichen Untergrund. Gleich darauf packte er ihre Hüfte, so dass ihr Hintern auf der Armlehne blieb und ihre Beine seitlich von ihm baumelten. Sie versuchte, sich wieder aufzusetzen.

Er reagierte, indem er eine Hand auf ihre Brust legte und sie zurück aufs Polster drückte. „Nicht bewegen, Summer." Er kontrollierte sie mit seinem stahlharten Blick. „Wenn du gehorchst, werde ich dich nicht fesseln."

Ihr Herz schlug ihr bis zum Hals.

„Hast du mich verstanden, kleine Sub?“, fragte er mit weicher Stimme. „Ich verlange eine höfliche Antwort.“

Wenn er diesen autoritären Ton verwendete ... *Gott!* Die Woge der Erregung spülte ihre Willenskraft hinweg. „Ja, Sir.“

„Sehr gut. Heb deine Arme über den Kopf.“

Sie tat, was er verlangte. Mit ihrem Hintern auf der Lehne würde sie sich ohne ihre Arme nicht bewegen können. Er hatte sie außer Gefecht gesetzt.

„Wunderschön.“ Er platzierte ihren linken Fuß auf ein Kissen, das als Rückenlehne diente, wodurch er ihr Geschlecht aufblühen ließ. Erst jetzt bemerkte sie, dass er die Couch so positioniert hatte, damit der Feuerschein ihre Pussy in Szene setzte. Die Wärme des Feuers und seines Körpers stellte unglaubliche Dinge mit ihr an.

Von ihrem Bauchnabel glitt sein Finger zu ihrem Venushügel und direkt zwischen ihre Beine. „Es ist verdammt heiß, dass du für mich immer so feucht bist“, knurrte er befriedigt. Mit seinen Daumen öffnete er sie noch weiter für sich. Er umkreiste ihren Eingang und fand dann ihre Klitoris. Ihre Schenkel spannten sich an.

„Virgil.“ Wie schaffte er es nur, dass sie sich gleichzeitig so unwohl in ihrer Nacktheit und dennoch so erregt fühlte? Sie unternahm den Versuch, ihr Bein vom Kissen zu nehmen.

„Na aber.“ Ohne aufzuschauen, packte er ihr Bein, platzierte es wieder auf dem Kissen und fixierte es mit seiner Hüfte, so dass sie sich weiterhin für ihn darbot. Ihr rechtes

Bein war an der Reihe: Er drängte es nach außen, um sie noch mehr für sich zu öffnen.

Er leckte sich über die Lippen, lehnte sich vor und drückte einen Kuss auf ihren Venushügel, genau oberhalb ihrer geschwollenen Schamlippen.

Die Entfernung zu ihrer Klitoris war beeindruckend, trotzdem pulsierte das Nervenbündel erwartungsvoll. Am liebsten hätte sie gestöhnt.

Er verblieb an dieser Stelle, neckte und betörte sie mit der Zunge. Sie versuchte, ihm ihr Becken anzubieten, aber er presste sie entschlossen auf die Lehne zurück. „Bewege dich noch einmal und ich versohle dir deinen hübschen Arsch. Danach müsste ich wieder ganz von vorne anfangen. Das wollen wir doch nicht, oder?"

Oh Gott.

Er umkreiste mit der Zungenspitze ihren Eingang, bis sich ihre Hände zu Fäusten ballten. „Virgil, ich kann nicht –"

Sein Blick hing auf ihrem Gesicht. In dieser Position hatte er ein VIP-Ticket zu ihren Emotionen. Er hob den Kopf und blies sanft über ihre feuchte Spalte. „Nein, du kannst gar nichts machen." Amüsiert packte er ihre bebenden Schenkel, senkte den Kopf erneut auf ihr Geschlecht und leckte von ihrem Eingang durch ihre Nässe zu ihrer Klitoris.

Oh Gott. Bei jeder Berührung seiner Zunge schwoll ihre Klitoris mehr und mehr an. Das Nervenbündel pulsierte in einem Rhythmus, der einer Folter gleichkam. „Ich brauche mehr, Sir. Ich will dich in mir spüren."

„Jetzt bekommst du erstmal das hier, Baby." Er griff in seine Tasche und sie vernahm ein leises Summen. Im nächsten Moment schob er etwas Langes und Dünnes in sie, was ihre Lust anheizte.

„Das gefällt mir noch nicht. Das war noch nicht der richtige Winkel." Er entfernte das Spielzeug. Sie hörte ein Klicken und als er sie diesmal ausfüllte, traf die Vibration sie an ihrer oh-so-empfindlichen Stelle. *Oh Gott, ja!* Die Empfindungen strahlten nach außen und schlugen dann wie Blitze auf ihre Klitoris ein. Er bewegte das Spielzeug und ihr Verlangen ging durch die Decke.

„Ah, viel besser", sagte er.

Sie wand sich, stöhnte, reckte ihm ihr Becken entgegen, dass ihm nichts anderes übrigblieb, als seinen Unterarm auf ihre Scham zu legen, um ihre Bewegungen einzudämmen. Diese Kontrolle war es, die ihr den Rest gab.

Die bedächtigen Stöße in ihre Hitze zusammen mit den Vibrationen trieben sie an einen Ort ohne Wiederkehr. Wollte er sie umbringen? Seine Antwort kam in der Form seiner Lippen, die sich um ihre Klitoris schlossen und hart saugten. Diese doppelte Einwirkung auf ihre Sinne brachte sie um den Verstand. Sie kratzte mit den Fingernägeln über die Polsterung und stöhnte unverständliche Worte heraus. Sie hing mit einem Arm am Abgrund und doch konnte sie nicht loslassen. Sie hielt den Atem an. Die Zeit stand still.

Er saugte fester und seine Zunge schnellte über ihr

geschwollenes Nervenbündel. Es war soweit: Die Explosion löste eine Sintflut zerstörender Lust aus und schwemmte jeden Gedanken hinfort. Jetzt fühlte sie nur noch.

Als ihr Verstand wieder angekurbelt wurde, bemerkte sie, dass es im Zimmer merkbar wärmer geworden war. Ihr Herz hämmerte immer noch wie wild. *Gott*, es hatte nicht viel gefehlt und sie hätte einen Herzinfarkt erlitten. Sie fuhr mit der Zunge über ihre Lippen und räusperte sich. „Das war ... unglaublich, wundervoll."

„Mmmh, hat Spaß gemacht."

Spaß? Sie wäre fast aus dem Leben geschieden. *Tod durch Orgasmus*, was für eine Schlagzeile.

Er entfernte das Spielzeug und strich mit den Händen über ihre Schenkel, dabei liebkoste er ihre Haut mit seinen Lippen. „Du hast so weiche Haut", hauchte er.

Sie schnurrte wie ein Kätzchen, das es sich auf einer warmen Wolldecke bequem machte. So warm und kuschelig.

Sein Lächeln blitzte auf. „Mach's dir nicht allzu gemütlich, meine Kleine. Wir sind noch nicht fertig." Er nahm ihre Hände und zog sie vom Sofa hoch. „Hinknien. Ich will diese glänzenden Lippen um meinen Schwanz spüren."

KAPITEL ELF

Nachdem er ihr den Befehl gegeben hatte, merkte Virgil, dass sie nie über Blowjobs gesprochen hatten. Vielleicht war es zu viel für –

Ihre Augen leuchteten entzückt auf. „Ja, Sir." Sie fiel auf die Knie und hob ihre Hände zu seinem Hosenbund. Bevor sie fortfuhr, fand sie seinen Blick. Sie sehnte sich nach seiner Zustimmung. Er nickte und sie befreite ihn von seiner Jeans. Ihr blondes Haar fiel ihr über die Schultern. Der Feuerschein brachte seine Aufmerksamkeit zu den dunklen Perlen in ihren geflochtenen Strähnen.

Sie legte ihre kleine Hand um seinen Schaft, der so breit war, dass sich ihr Daumen und ihr Zeigefinger nicht berührten. Er beobachtete, wie sie sich über ihre Lippen leckte und dann den Mund um seine Eichel schloss. Der Kontakt kam nicht unerwartet, dennoch sog er scharf den Atem ein.

Sie blickte ihn verschmitzt an, während sie mit der Zunge über die dicke Ader längs seines Schwanzes fuhr.

Er unterdrückte ein Stöhnen und zwang sich, sanft durch ihre Haare zu streicheln. Indessen leckte sie einen Lusttropfen von seiner Eichel, wirbelte mit ihrer kleinen, rosafarbenen Zunge um das Loch, als wartete sie, dass die Quelle mehr Kostproben für sie produzierte. *Fuck*, vielleicht war das nicht die beste Idee gewesen. Sein Schwanz stand kurz vor einer Explosion. Er packte ein Bündel ihres Haares und knurrte: „Genug mit der Folter, du Göre."

Sie kicherte. *Verdammt*, sie war hinreißend. Sie hatte Spaß daran, seine Kontrolle in Frage zu stellen. Sein Blick fiel auf ihren Arsch. Sie bewegte ihn aufreizend, als machte sie der Gedanke an eine Bestrafung heiß. Dennoch gehorchte sie und schob sich seinen Schwanz bis zum Anschlag zwischen ihre Lippen. Auf und ab bewegte sie sich. Langsam. Betörend. Verstand raubend.

Verdammt. Er zog an ihrem Haar, drängte sein Becken vorwärts, tiefer, schneller. Ihre Lippen pressten sich fester gegen seine Länge und erhöhten den Druck, indem sie an ihm saugte. Beim Zurückziehen umspielte sie seine Eichel mit der Zunge. Dann saugte sie ihn wieder in ihren warmen Mund und summte auf dem Weg nach unten, was Vibrationen auslöste, auf die er nicht vorbereitet gewesen war. Er stöhnte und rollte die Augen zurück. *Heilige Mutter Gottes!* Sie schob ihre freie Hand in seine Jeans und spielte mit seinen Eiern. Der Druck wurde überwältigend, baute sich in ihm auf, bis er glaubte, nicht länger die Kontrolle über die Situation zu haben.

Die Vibrationen kehrten zurück. Summend nahm sie ihn in sich auf, bis er mit der Eichel gegen ihren Rachen stieß. „Meine Fresse, du bringst mich um!" Seine Beine spannten sich an, in der Hoffnung, auf diese Weise die Kontrolle über sich nicht zu verlieren. Jedes Mal, wenn sie seinen Schwanz an die Luft ließ, sah er, wie sie ihn mit ihrem Speichel bedeckt hatte. So heiß und feucht – das Gefühl war unglaublich.

Nein.

„Das reicht, Süße." Er packte ihre Schultern und schob ihre erregenden Lippen von sich weg, obwohl er den Drang verspürte, seine Hände in ihren Haaren zu vergraben und ihren Mund zu ficken. Er streichelte sanft über ihre Wange und wischte ihr mit dem Daumen Speichel von ihrem Kinn. „Dein Talent mit dem Mund ist beängstigend."

„Trotzdem willst du, dass ich aufhöre?" In ihren großen Augen spiegelte sich Begehren und Verwirrung wider.

„Oh ja, denn ich will nicht in deinem Mund kommen. Dafür habe ich mir für heute einen anderen Ort ausgesucht." Er grinste. „Wie du sehr wohl weißt."

Sie erschauerte vor seinen Augen, jedoch konnte er keinen Anflug von Angst erkennen – ein Fortschritt.

Ohne ihr die Zeit zu geben, nervös zu werden, hob er sie auf die Ottomane und positionierte sie auf den Knien und ihren Ellbogen, ihr hübscher Hintern in die Höhe gestreckt. Aus seiner Ledertasche fischte er zwei Seidenschals, band sie um ihre Handgelenke und fixierte sie damit an den Beinen des Möbelstücks.

Ihr Atem beschleunigte sich und ihre Schultern spannten sich an.

Mach langsam, Masterson. Er kniete sich vor ihr hin, legte seine Hände auf ihre Wangen und fand ihren Blick. „Summer, atme."

Aus großen, blauen Augen sah sie ihn an. Das offenkundige Vertrauen, dass er in ihren Tiefen sah, erwärmte sein Herz. Sie atmete tief ein. Beim Ausatmen nickte sie.

Für eine Weile streichelte er ihre Wangenknochen und musterte sie. Sie zitterte nicht länger und sie wirkte fokussiert. „Okay. Sehr schön." Er küsste sie sanft und ließ es sich nicht nehmen, an ihrer verführerischen Unterlippe zu knabbern, bevor er flüsterte: „Was ich dir jetzt verrate, darfst du Simon niemals sagen. Wahrscheinlich breche ich eine Art Dom-Code damit, aber die Schals um deine Handgelenke habe ich so locker gebunden, dass du dich jederzeit davon befreien könntest."

Überrascht blinzelte sie, zog testend an ihrer rechten Hand und hauchte: „Danke."

Erneut streichelte er ihre Wange. „Denk aber daran, wie enttäuscht ich wäre, wenn du das tun würdest. Dich so zu sehen, so gefesselt und erregt, erfreut mich ungemein, meine Süße."

Sie betrachtete ihn aufmerksam und er konnte nicht die gewohnt anfängliche Panik sehen. Stattdessen wurde er mit Entschlossenheit und sexueller Vorfreude beglückt. Sie wollte ihn zufriedenstellen. Damit waren sie schon zu zweit, und er hatte vor, seine kleine Sub auf die befriedigendste Reise ihres Lebens mitzunehmen. „Braves Mädchen.“ *Und das bist du, meine Schöne. So ein braves Mädchen.*

Er setzte seine Arbeit fort, wickelte Schals um ihre Knie und band sie seitlich an der Ottomane fest, bis ihre Schenkel gespreizt waren. Noch nie zuvor hatte er die Ottomane für etwas Derartiges gebraucht. Er musste jedoch zugeben, dass es den Anschein hatte, als wäre das ihr eigentlicher Zweck.

Sanft berührte er ihre Pussy. Feucht, so feucht. Für ihn. Dann fand er mit seinen Fingern ihre geschwollene Klitoris und sie entließ ein kleines Stöhnen. Schon bald würde sie sehr viel lauter stöhnen.

Er zwickte in ihre Klitoris und sie riss an ihren Beschränkungen. Es schien, dass ihr seine Worte in den Sinn kamen, woraufhin sie augenblicklich erstarrte. Nur ihr Atem verriet, was er mit ihrem Körper anstellte. Sie wurde feuchter und ihr Geschlecht zwinkerte ihm zu. Er grinste. Es war offensichtlich, wie sehr es sie erregte, unterworfen zu werden.

Kleine Sub. Und mir allein. Er umkreiste ihre Klitoris und erinnerte sie: „Dein Safeword ist ‚Safeword‘, Summer.“

Er fuhr mit der Hand über ihren weichen, runden Hintern, wärmte ihre Haut und weckte die Nerven. „Heute werde ich deinen Arsch für mich beanspruchen, meine Süße. Ich werde geduldig mit dir vorgehen, aber über kurz oder lang werde ich in dein süßes Arschloch eindringen.

Und glaube mir, wenn ich dir sage, dass ich dich dabei zu einem vernichtenden Orgasmus reiten werde.“

Summer spürte Virgils schwielige Hand auf ihrem Po. Seine tiefe Stimme ließ keinen Zweifel an seinen Absichten und sie erschauerte. Sie biss sich auf ihre Lippe und wartete gespannt darauf, was er als Nächstes mit ihr anstellen würde, jeder Muskel in ihrem Körper angespannt.

Vor ihr zog er sich ein Kondom über und ihre Atmung beschleunigte sich. Sie schloss die Augen. *Ich will nichts mehr sehen.*

Wenig später packte er eine Arschbacke und tröpfelte kaltes Gel auf ihr Loch. Sie quietschte und quietschte lauter, als er seinen Finger gegen diesen Eingang presste. Zunächst fühlte es sich unangenehm an, dann überwand er den Ringmuskel und drang ein.

Sie krallte sich mit ihren Fingernägeln in die Ottomane. Gleichzeitig brachen ungeahnte Empfindungen über sie ein.

„Ich fühle, dass du den Analplug benutzt hast, wie ich es dir befohlen habe“, sagte er. „Braves Mädchen.“

Dem berauschenden Gefühl, das seine Worte auslöste, folgte ein überraschter Aufschrei, als sich ein zweiter Finger zu dem ersten gesellte. *Ohhh!* Unbehagen mischte sich mit Erregung. Er würde es wirklich tun. *Oh Gott.*

Mit seiner freien Hand fand er ihre Klitoris, während seine andere mit ihrem Arsch fortfuhr. Die Kombination schickte sie auf eine Achterbahnfahrt der Lüste.

Eine Minute später war es soweit: Er zog die beiden Finger heraus und positionierte seinen Schwanz an ihrem Poloch. Die Eichel glitt zu dem pulsierenden Eingang. „Komm mir entgegen, Summer."

Sie biss sich auf die Lippe, ballte die Hände zu Fäusten und gab ihr Bestes, um seiner Anordnung nachzukommen. Er hielt ihre Hüften in einem erbarmungslosen Griff und presste sich weiter in sie hinein.

„Oh Gott", winselte sie, als sich der Ringmuskel dehnte. Die Invasion brannte und ihr Körper bebte unkontrolliert.

Ein ploppender Laut kündigte an, dass er in ihr war. Er bewegte sich nicht, sondern gab ihr Zeit, zur Ruhe zu kommen. Es brannte. Er hatte sie aufgespießt. Schmerz.

„Du bist immer noch eng, trotz der Aufwärmung mit dem Analplug", sagte er. „Atme, Süße. Tief einatmen."

Der Schmerz ließ nach, als er den Winkel etwas korrigierte. Er rieb ihr besänftigend über den Po, während sie wieder kalte Flüssigkeit vernahm. Mehr Gleitgel. Dann presste er nach vorn, langsam, Zentimeter für Zentimeter dehnte er sie mit seiner dicken Länge.

Ihr Loch stand in Flammen. Hatte er seit ihrer letzten Zusammenkunft an Größe hinzugewonnen? Sie stöhnte. Er ließ nicht nach. Sie stöhnte lauter. Dann spürte sie seine warme Haut an ihren Pobacken. „Das hätten wir, Baby. Ich bin drin."

Sie fühlte sich so ausgefüllt, mit seinem harten Schwanz, der sie regelrecht aufspießte. In ihrem Kopf drehte sich alles. Sie riss an ihren Fesseln, kämpfte gegen seinen Griff an, obwohl sie wusste, dass es nichts brachte. Er war in ihre intimste Stelle vorgedrungen. Der plötzliche lustvolle Ansturm erschütterte sie und machte ihr zugleich Angst. Er hatte die totale Kontrolle.

Er bewegte sich nicht. „Ruhig, Baby. Ganz ruhig."

Seine Worte halfen. Sie wurde ruhiger und atmete zittrig aus. Sie war vollkommen am Ende, erschöpft.

Er zog sich ein wenig aus ihr zurück, nur um sich wieder in ihr zu vergraben.

Es fühlte sich nicht gut an, nein, es tat weh. Sie winselte, zögerte jedoch noch, ihr Safeword zu benutzen. Sie wollte ihn nicht enttäuschen. Und doch wollte sie, dass es aufhörte.

Ein Summen ertönte und es presste sich etwas gegen ihre Klitoris. Ein Vibrator. Instinktiv versuchte sie auszuweichen.

Mit einem amüsierten Schnaufen zog er sie zurück, wodurch er sich noch tiefer in ihr vergrub.

Ihre Klitoris wurde von intensiven Vibrationen heimgesucht. Die Empfindung kollidierte mit dem brennenden, stechenden Schmerz von hinten. Nicht gerade angenehm, sondern eher fremdartig und überwältigend.

„Du bist ein sehr braves Mädchen", sagte er in seiner tiefen Stimme, so rau und einlullend. Er schnallte den Vibrator mit einem Gurt um ihre Hüfte fest, so dass er an Ort und Stelle blieb, gepresst gegen ihre Klitoris. Erneut packte er ihre Hüften, zog sich zurück und tröpfelte mehr Gleitgel zwischen ihre Pobacken.

Immer und immer wieder glitt er aus ihr heraus, nur um sich erneut in ihr zu vergraben. Die Reibung, die sein Schwanz an ihrem empfindlichen und jungfräulichen Loch erzeugte, war einfach unglaublich. Ein Lustschauer erschütterte sie. Sie konnte sich nicht bewegen, konnte nicht denken, konnte nichts tun, als diese schmerzhafte und dennoch wunderbare Kombination der Empfindungen zu erleben. Sein Schwanz und die Vibration an ihrer Klitoris hielten sie in einem Tornado der Lust gefangen. Das Verlangen zu kommen, war übermächtig.

Doch nichts half, der Orgasmus kam nicht. Sie schnappte verzweifelt nach Luft. „Oh Gott, oh Gott, oh Gott, ich kann nicht mehr!"

Er lachte. *Bastard.* Von vorne schob er eine Hand zwischen ihre Beine und presste den verfluchten Vibrator fester gegen ihre Klitoris. Gleichzeitig rammte er seinen Schwanz tief in sie.

Sie verlor die Kontrolle über ihren Körper, über ihre Empfindungen, einfach alles. Brutale Wellen der Lust brachen über ihr zusammen. Der unkontrollierte Ausbruch schüttelte ihren Körper durch und ihr entrang ein erlösender Schrei. *Oh ja! Endlich!* Mit seinen starken Händen kontrollierte er ihren Körper, hämmerte schneller, härter, tiefer in sie, wodurch sie auf dem Meer der Lust verloren ging.

. . .

Er war dem Ende nahe, das wusste Virgil. Die Weichheit um seinen Schwanz, der enge Ring an der Wurzel seines Schaftes ... nur noch ein bisschen, nicht mehr lange.

Seine Beine spannten sich an, dann eine überwältigende Empfindung, die sich kribbelnd einen Weg von seinem Bauch zu seinen Eiern suchte, und er fand zur Erlösung. Sperma schoss aus ihm heraus und sein Herz setzte einen Schlag aus.

Er stieß fest zu, drängte sich tief in ihre enge Wärme, bis er nur noch pure Lust wahrnahm. Stöhnend warf er den Kopf in den Nacken.

Schweiß lief ihm über den Rücken und er nahm einen tiefen Atemzug. Am liebsten würde er bis in alle Ewigkeit in dieser Position verharren und einem Orgasmus nach dem anderen hinterhereifern. Doch er durfte nicht nur an sich selbst denken. Er bemerkte, dass Summers Körper unter seinen Händen erschlaffte.

Er löste den Gurt und der Vibrator fiel auf den Boden. Sie erschauerte, und nur die Seidenschals verhinderten, dass sie von der Ottomane fiel. Er rieb ihr besänftigend über den Rücken und sagte: „Süße, halt noch eine Minute durch."

Als er seinen Schwanz herauszog, entließ sie ein gedehntes Stöhnen und er grinste.

Erst entsorgte er das Kondom. Danach säuberte er sie mit Feuchttüchern. Ihre Pussy reagierte auf die Berührung des kalten Materials und zwinkerte ihm betörend zu. *Verdammt,* am liebsten würde er sie erneut nehmen. Immer und immer wieder.

Aber nein, er musste sie losmachen. Was er auch tat. Dann hob er sie in seine Arme, schob einen Sessel näher ans Feuer und nahm mit ihr darin Platz. Auf seinem Schoß kuschelte sie sich an ihn, ihr Kopf an seiner Brust. Sie sah verwirrt aus. Verloren. Kleine Zuckungen brachten ihren Körper noch immer zum Beben.

„Meine wunderschöne Summer, du warst so mutig." Er streichelte sie, wärmte ihre Haut mit seinen Händen und hielt sie fest an die Brust. Er versuchte, sie in die Realität zurückzubringen. Er küsste ihre Wange und wünschte sich nichts mehr, als sie sein ganzes Leben in den Armen halten zu können. „Gott, ich liebe dich."

„Mmhmm." Sie hob ihre Hand, tätschelte seinen Kiefer und erstarrte mitten in der Bewegung. „Was?", hauchte sie.

„Du hast mich schon gehört." Er schloss die Augen und rieb sein Gesicht an ihren seidenweichen Haaren. Würde er jemals wieder Vanille riechen können, ohne eine Erektion zu bekommen? „Mir wurde dieses Jahr eine harte Lektion mit auf den Weg gegeben: Gehe niemals davon aus, dass ein geliebter Mensch weiß, was du für ihn empfindest." Seine Cousine Kallie hatte leiden müssen, weil er mit seinen Bekundungen nicht offenherziger gewesen war. Dafür gab er sich teilweise die Schuld. Er hatte aus dem Vorfall gelernt und weigerte sich, jemals wieder zu zögern, wenn es um seine Gefühle ging. „Ich will nicht, dass du im Hinblick auf meine Gefühle für dich Vermutungen anstellst. Deswegen sage ich dir, was ich für dich empfinde: Ich liebe dich, Summer."

Ihre Lippen teilten sich, schlossen sich. Sie schüttelte den Kopf. „Nein, nein, das tust du nicht. Das liegt nur am Sex. Wir kennen uns doch kaum. Wie kannst du nach so kurzer Zeit denken, dass du ... nein, du k-kannst mich nicht l-lieben."

Seine Hoffnungen wurden unter einem Erdrutsch der Enttäuschung begraben. Er spannte den Kiefer an. Sie lag nicht vollkommen falsch. Sie kannten einander kaum. Das bedeutete aber auch, dass sie keine Ahnung hatte, wie verdammt dickköpfig er sein konnte.

„Ich kann dich also nicht lieben?" Er rieb seine Wange an ihrer. „Zwar kenne ich noch nicht jede Anekdote aus deiner Vergangenheit, aber, Baby, ich kenne dich. Ich weiß, wie du reagierst, wenn du Angst hast oder dich die Sehnsucht nach etwas packt. Ich weiß, dass du einer der herzlichsten und hilfsbereitesten Menschen bist, die ich jemals kennengelernt habe. Ich weiß genau, wann du verärgert bist und ..." Seine Mundwinkel zuckten, als er daran dachte, wie sie dem Bastard in der Küche einen rechten Haken verpasst hatte. Er legte einen Finger unter ihr Kinn und zwang sie, ihm in die Augen zu blicken. „... ich weiß, dass du mich brauchst und wie viel du für mich empfindest."

„Ich ..." Ihre Stimme brach ab. „Das geht alles zu schnell, Virgil."

Okay. Weder leugnete sie, dass sie ihn brauchte, noch dass sie etwas für ihn empfand. „Denkst du das wirklich?"

„Na gut, vielleicht ... empfinde ich etwas für dich. Aber das spielt keine Rolle." Sie senkte den Blick auf ihre Hände.

„Ich sehe einfach nicht, wie das mit uns beiden funktionieren soll.“

Die Hoffnung war zurück und mit ihr breitete sich ein Glücksgefühl in ihm aus, dass er nicht von seinem Gesicht fernhalten konnte. Es dauerte einen Moment, bis er den zweiten Teil ihrer Aussage verarbeitet hatte. „Willst du mir damit sagen, dass du die Sache zwischen uns nicht weiter erkunden willst?“

Ihre tränenerfüllten Augen waren wie ein See, in dem sich der Himmel spiegelte. „Das will ich schon“, flüsterte sie. „Aber ... aber, Virgil, ich kann hier nicht leben. Es gibt hier keine Arbeit für mich. Ich möchte meinen Beruf nicht aufgeben. Ich will mich nicht aushalten lassen, nicht mal von dir.“

Er holte tief Luft. Er sollte sie nicht drängen. Das Problem war nur, dass ihre derzeitigen Zukunftspläne sie weit von ihm wegführen würden. Er spielte mit ihrem seidigen Haar, das erregend ihre Brüste umspielte. „Willst du, dass ich mit dir nach Gold Beach komme?“

Sie starrte ihn an. „Du kannst hier nicht weg. Du hast Menschen, die auf dich bauen. Du hast einen Job. Deine Berge. Ich ... Das kann ich nicht erlauben.“

„Okay.“ *Zieh dich zurück, Masterson.* Er legte seine Arme fester um sie, als könnte er sie auf diese Weise zum Bleiben bewegen. *Wohl eher nicht*, sinnierte er betrübt.

Er dachte eine Sekunde darüber nach, wie er sich fühlen würde, wenn er keinen Job hätte und von ihr abhängig wäre. *Fuck, nein.* Besonders an diesem Punkt in ihrer Beziehung wäre es dafür zu früh. „Es wird uns schon was einfallen, meine Süße."

„Ich will ja ... wenn doch bloß ..." Sie entließ ein aussichtsloses Schnauben. „Ihr habt hier ja noch nicht mal ein Krankenhaus."

Sie wollte bleiben. Hoffnung flackerte in ihm auf wie eine Kerze, nur um dann gleich wieder zu erlöschen. Kein Krankenhaus. In der Stadt gab es nur einen Arzt – im Umkreis von hundertfünfzig Kilometern, um genau zu sein. Und dieser Arzt war ... schwierig. Eher fror die Hölle zu, als dass Abe eine Krankenschwester einstellte. Er biss sich auf die Zunge. *Verdammt.*

Ihre Hand auf seiner Brust riss ihn aus seinen dunklen Gedanken. Sie schenkte ihm ein schwaches Lächeln. „Da wir nicht mehr viel Zeit haben, könnte ich dich für Sex in der Dusche begeistern?"

Eine Ablenkung? Sehr gute Idee. Er stand mit ihr in den Armen auf. „Da sage ich nicht nein."

In der Dusche machte er Liebe mit ihr. Dann im Bett. Wieder und wieder. Sein Schwanz blieb standhaft, als wüsste er genau, dass ihm nicht mehr viel Zeit mit ihr blieb.

Im Zwielicht der Nacht hatte sie die drei kleinen Worte mit der großen Bedeutung erwidert: „Ich liebe dich, Virgil." Dann war sie neben ihm eingeschlafen, in seinen Armen, an ihn gekuschelt, eine warme, himmlisch duftende, hartnäckig unabhängige Frau.

Er beobachtete sie beim Schlafen und sein Herz brach. Es musste einfach eine Lösung für ihr Problem finden.

KAPITEL ZWÖLF

D**as morgendliche Sonnenlicht** strömte durch das Fenster auf den Quilt und weckte Summer auf. Sie blinzelte und runzelte die Stirn. Der Quilt hatte die falsche Farbe. *Nicht mein Bett.* Sie vergrub ihr Gesicht in dem Kissen. Es roch nach Bergen und einem gewissen verführerischen Mann. Das ganze Zimmer roch nach Sex. Sie befand sich in Virgils Zimmer. Grinsend streckte sie sich in dem Bett und zuckte zusammen, als sich ihre wunden Oberschenkel, die Nippel und ihre Pussy zu Wort meldeten.

Ihr Hintern fühlte sich definitiv misshandelt an.

Sie verstand sich selbst nicht mehr: Wieso ließ die Erinnerung, wie er sich an der intimsten Stelle ihres Körpers Zugang verschafft hatte, nach einer Wiederholung lechzen? *Wer zum Teufel bin ich?* Sie erschauerte. Die letzte Nacht ... Wow. Er hatte sie kontrolliert, unterworfen, vereinnahmt – körperlich und emotional. Im Bett, mit den Händen über ihrem Kopf fixiert, war er in sie eingedrungen und hatte von ihr verlangt, dass sie ihre Gefühle vor ihm preisgab. „Ich liebe dich, Virgil“, hatte sie geschrien und er hatte zufrieden geknurrt. Danach hatte er sie mit einem Höhepunkt erneut zum Schreien gebracht.

Zum Abschluss hatte er sie so zärtlich in seinen Armen gehalten, dass sie ihn nie wieder verlassen wollte. Sie wollte bleiben, bei ihm. Für immer.

Der Schmerz über die baldige Trennung drohte, sie zu zerstören. Abrupt setzte sie sich im Bett auf. Der Raum war leer. „Virgil?“

Sie strich sich ihre zerzausten Sexhaare aus dem Gesicht und schaute sich um. Ein Schlafzimmer ohne Firlefanz: Die cremefarbenen Wände waren zurück, die im Kontrast zu den Möbeln aus dunkelbraunem Holz standen. Es schien, als hätte er sich die Berge in seinen Wohnraum geholt. Sein Quilt war in dunklen Blau- und Grüntönen gehalten. *Wie der Wald*, dachte sie. Es handelte sich um einen gekauften Quilt und in ihr kam das Bedürfnis auf, ihm einen zu nähen.

Auf dem Nachttisch entdeckte sie eine Notiz:

Hey meine kleine Schlägerbraut,

Sie grinste bei der Anrede und sah auf ihre angeschlagenen Fingerknöchel. Die Notiz las weiter:

Ich musste zur Arbeit. Ich hoffe, noch vor dem Mittag zurück zu sein. Auf dem Stuhl findest du etwas zum Anziehen. Für Kaffee musst du ins Erdgeschoss. Nutze dazu die Tür links von dir. Fühle dich wie zu Hause.

Ich liebe dich – V

Oh Gott. Sie versuchte, das warme Gefühl bei den drei bedeutungsvollen Worten zurückzudrängen. Wie einfach es ihm fiel, das L-Wort zu benutzen. Sie seufzte. Gott sei Dank schnarchte er, sonst würde sie ihn doch glatt für perfekt halten.

Sie duschte und zog sich die Kleidung an, die er für sie rausgelegt hatte. Überraschenderweise passte ihr die verblichene Jeans; nur an ihrem großzügigen Arsch saß sie etwas knapp. Sie zog sich das T-Shirt über den Kopf und schlüpfte ins Flanellhemd, das eindeutig aus Virgils Besitz stammte. Sie musste die Ärmel hochschlagen und lächelte, als sein Duft sie einhüllte.

Ich brauche Koffein. Mit dem Gedanken im Hinterkopf eilte sie ins Erdgeschoss. Sie trat vom Treppenhaus in ein rustikales Wohnzimmer, das die Größe ihres Apartments hatte, und landete so in einer Landhausküche mit Ziegelsteinwänden.

Kaffeemaschine: check.

Kaffee: check.

Während der großartige Geruch nach frisch gekochtem Kaffee den Raum erfüllte, dachte sie an die nächsten Stunden. Sie hatte eine quälend lange Fahrt nach San Francisco vor sich, nur um sich dann mit Kisten packen foltern zu müssen. Sie seufzte. Ihre Vorfreude auf den neuen Job und ihren Umzug war weg. Virgil wäre nicht dort. Sie vermisste ihn schon jetzt und der kommende Verlust legte sich wie eine eiserne Faust um ihr Herz. *Komm zurück in die Realität, Summer: Ohne einen Job kannst du hier nicht bleiben.*

Stiefel näherten sich über die Treppe und Summer schaute auf. *Er ist zurück.* In glücklicher Erwartung meldeten sich die Schmetterlinge in ihrem Bauch. Allerdings ... Sie hörte genauer hin und musste feststellen, dass sich mehr als ein Paar Stiefel näherte.

„Scheiße, ja! Virg hat Kaffee aufgesetzt. Ich könnte –" Ein Mann trat in die Küche und erstarrte bei ihrem Anblick, woraufhin der zweite Mann in ihn hineinrannte. Beide hatten sie verwuscheltes, braunes Haar, sonnengebräunte Haut und trugen Flanellhemden und Jeanshosen. Zudem waren sie riesig.

Oh Scheiße. Sie bekam es mit der Angst zu tun. Sie wich instinktiv von den beiden zurück und stotterte: „Ähm. I-Ich –"

„Hey, du musst Summer sein." Der erste Mann kam auf sie zu und streckte ihr die Hand hin. „Ich weiß nicht, ob du dich daran erinnerst, aber wir haben den einen Tag am Telefon miteinander gesprochen. Ich bin Wyatt, Virgils Bruder."

Virgil hatte Brüder? Außer einer Cousine hatte er niemanden erwähnt. *Liegt wahrscheinlich daran, dass ich ihn nie nach seiner Familie gefragt habe. Wirklich super. Ich habe die ganze Zeit nur von mir erzählt. Was für eine egoistische Kuh bist du eigentlich, Summer?*

Seine Brüder. Vom Duschen waren ihre Haare noch nass und sie fielen ihr auf das Hemd, das sie sich übergezogen hatte – auf Virgils Flanellhemd. *Mein Gott*, konnte es noch offensichtlicher sein, dass sie die Nacht mit ihm verbracht hatte? Ihre Wangen flammten rot auf. Schlimmer wäre es nur, wenn sie in Fetischkleidung vor ihnen stände.

Die zwei Männer sahen Virgil sehr ähnlich: markante Gesichter, freundliche Ausstrahlung. Sie schüttelte die Hand von Wyatt und sagte: „Freut mich, euch kennenzulernen."

„Ich bin Morgan", stellte sich der Schlankere von den beiden vor, dazu ein herzliches Lächeln. „Er hat angerufen und meinte, dass er wegen betrunkener Biker bei der Arbeit festhängt. Wir sollen dich füttern und dich zur Lodge fahren, falls er es nicht rechtzeitig zurückschafft."

Enttäuscht sackten ihre Schultern nach unten. Plötzlich gab es für sie keinen Grund mehr, zu lächeln. Betrübt beobachtete sie, wie Morgan Kaffee einschenkte. Sie versuchte, sich abzulenken, indem sie die beiden ausfragte: „Wohnt ihr auch hier?"

„Tun wir." Morgan reichte ihr eine dampfende Tasse. „Wyatt, Kallie und ich arbeiten zusammen. Wir sind ausgebildete Bergführer und zeigen Touristen die Berge. Zudem findest du auf unseren Weiden Viehherden. Virgil kümmert sich um die Gemüsebeete. Es ist einfacher, das Grundstück zu verwalten, wenn wir zusammenwohnen."

Wyatt zwinkerte ihr zu. „Das Erdgeschoss gilt als Gemeinschaftsbereich. In den Obergeschossen hat jeder seine eigene Wohnung."

Virgil, ihr Virgil, hatte sich hier etwas Großartiges geschaffen. Er hatte seine Familie in der Nähe, hatte einen Job, den er liebte, und Nachbarn, die ihn schätzten. Sogar einen Garten bewirtschaftete er. Sie entließ ein neidvolles Seufzen. „Das klingt traumhaft."

„Funktioniert ganz gut." Wyatt steckte seinen Kopf in den riesigen mit Magneten übersäten Kühlschrank. „Was willst du zum Frühstück?"

„Nichts. Ich muss wirklich los." Sie würde sich zur Lodge bringen lassen, ihre Sachen packen und kurz in der Stadt vorbeischauen, um sich zu verabschieden. Lebewohl sagen. Der Gedanke brach ihr das Herz. Der Schmerz kam prompt. *Lebewohl.*

„Bist du dir sicher?" Morgan runzelte die Stirn. „Du siehst erschöpft aus und solltest etwas zu dir nehmen."

Sie schüttelte den Kopf. „Ich habe eine lange Fahrt vor mir und sollte nicht zu spät losfahren. Könnt ihr mir sagen, wie ich zur Polizeistation komme?"

„Die kannst du nicht verfehlen: Wenn du in die Stadt fährst, gleich links", sagte Morgan. „Neben der Klinik, gegenüber vom Lebensmittelgeschäft."

„Ihr habt hier eine Klinik?" Auf der Stelle machte es klick und ihr Herz vollzog einen hoffnungsvollen Salto. Sie packte den Kaffeebecher fester und fragte: „Meint ihr, dass sie eine Krankenschwester brauchen?"

Wyatt prustete los. „Zur Hölle, nein. Der leitende Arzt hasst Krankenschwestern! Es ist Jahre her, seit er es mit einer versucht hat. Er vergrault sie alle. Im Moment hilft ihm ein Student aus."

„Abe, das ist der Arzt, hat die Klinik mit seiner Frau geschmissen. Hässliche Scheidung", sagte Morgan. „Seither schafft er es nicht, eine Krankenschwester zu halten. Ein fähiger Arzt, aber verdammt jähzornig."

Ihr wurde schwer ums Herz.

Summer wurde von Morgan zur Lodge gefahren, wo sie eigentlich ihre Sachen zusammenpacken wollte. Stattdessen entschied sie, mit ihrem eigenen Auto in die Stadt zu fahren. *Ich will zu Virgil.* Nicht, dass es irgendwas ändern würde, wenn sie ihn sah.

Im Schritttempo fuhr sie die Hauptstraße entlang. *Verdammt*, warum musste Bear Flat nur so idyllisch sein? Missmutig betrachtete sie die pittoresken Läden mit ihren bunten Hängeschildern über den Türen – eine Einkaufsstraße im Stil des neunzehnten Jahrhunderts. Und das alles vor dem Hintergrund der atemberaubenden, schneebedeckten Berge. *Ich will bleiben.* „Du bist mir keine Hilfe, du niedliches Städtchen."

Sie parkte vor dem Polizeirevier und lehnte sich seufzend zurück. Sie musste ihre Emotionen kontrollieren, bevor sie Virgil begegnete. *Nicht weinen, nicht weinen.* Nach einer Weile atmete sie tief ein und entschied, dass sie das Lebewohl nicht länger hinauszögern sollte. Auf keinen Fall konnte sie es akzeptieren, von ihm ausgehalten zu werden. Zumal sie ihren Beruf liebte und ihn weiterhin ausüben wollte.

Vielleicht würde er sie besuchen kommen. Und sie

könnte ihn in Bear Flat besuchen. Sobald sie es bei ihrem neuen Job verantworten konnte, ein paar Tage frei zu nehmen.

War es sinnvoll, das unvermeidliche Ende so lange hinauszuzögern? Schließlich gehörte er an diesen Ort. Auf der anderen Seite hatte sie nur eine Chance, hier ansässig zu werden: In der Gegend müsste ein Krankenhaus errichtet werden. So oder so, sie musste es sich eingestehen: Eine gemeinsame Zukunft war ausgeschlossen.

Mit zugeschnürter Kehle und brennenden Augen zog sie die Tür zur Polizeistation auf. Ein uniformierter Polizist saß in der Mitte des Raumes an einem Schreibtisch, ein zweiter an der hinteren Wand. „Wäre es möglich, mit Virgil zu sprechen?", fragte sie, nachdem sie sich umgeschaut hatte.

„Er ist gerade nicht hier, wird aber jeden Moment zurückerwartet." Er schüttelte den Kopf. „Hoffentlich hat er dann bessere Laune."

Sie unterdrückte ein schuldbewusstes Schluchzen. Sie trug an seiner schlechten Laune die Schuld.

Der Polizist musste die Gedanken auf ihrem Gesicht abgelesen haben, denn er sagte grinsend: „Er hat sich mit dem einzigen Arzt dieser Stadt angelegt. Ich habe Masterson noch nie so scheiß –" Er brach ab und schaute verschämt zu ihr. „Er war sehr zornig, wollte ich sagen. Ich konnte von meinem Platz hören, wie er vor der Klinik rumgebrüllt hat."

Der grauhaarige Polizist weiter hinten lachte. „Sehr untypisch für Masterson."

„Okay. Na gut, danke." Sie trat tottraurig auf den Bürgersteig. Mit Sicherheit hatte Virgil den Versuch unternommen, ihr eine Anstellung an Land zu ziehen. Genervt blickte sie auf das Nachbargebäude, auf dessen Schaufenster geschrieben stand: BEAR FLAT KLINIK. Ihr nächster Stopp.

Wirklich super. Ein Arzt, der Krankenschwestern hasste, und bei dem Virgil die Beherrschung verloren hatte. Sie würde nur schnell an der Rezeption Laurettes' Liste an Hilfsmitteln abgeben und dann von hier verschwinden.

Der kleine Warteraum in der Praxis war leer, die Rezeption verlassen. Ungeduldig trommelte Summer mit den Fingern auf den Tresen.

Durch eine Tür, wahrscheinlich der Untersuchungsraum, drangen eindeutige Laute hervor: Jemand übergab sich. Ein Mann brüllte: „Verdammt, komm her. Ich brauche –" Ein Fluchen. Klang verdächtig nach einer Notaufnahme. Eine bedenkliche Menge Blut führte in den hinteren Teil der Praxis.

Es machte den Anschein, dass der gute Arzt ein kleines Problemchen hatte. *Soll ich meine Hilfe anbieten?* Summer warf einen flüchtigen Blick auf die Tür, seufzte, sprühte sich aus dem Spender Desinfektionsmittel in die Hände und folgte den Stimmen – und dem Blut.

Sie öffnete die Tür und trat in ... Chaos.

Eine Frau, totenbleich, saß in der Ecke auf dem Fußboden. Sie zitterte und weinte. Vor ihr kniete ein junger Mann in einer Pfütze von Erbrochenem. *Na wundervoll.*

Daneben erhob sich ein Untersuchungstisch, auf dem ein massiger, blutdurchtränkter Mann lag. Sie nahm an, dass eine Axt für die unschöne Wunde in seinem Brustkorb verantwortlich war. Der Anblick war verständlicherweise zu viel für die Frau und den, wie sie annahm, Medizinstudenten.

Über dem männlichen Patienten stand der Arzt. Er fluchte, laut und ohne ein Blatt vor den Mund zu nehmen. Es wurde deutlich, dass er dringend Unterstützung benötigte. *Eigentlich würde ich ihn lieber gegen's Schienbein treten.* Summer seufzte, warf ihren Mantel auf einen Stuhl und griff sich Handschuhe aus einer Box, die an der Wand hing. „Haben Sie den Notruf gewählt?“, fragte sie.

Sein Kopf schoss hoch. Graues Haar, angespannter Ausdruck und intelligente, blaue Augen lugten hinter einer Brille hervor. „Schon vor einer Stunde“, motzte er. „Ich brauche Hilfe, vorausgesetzt, Sie schaffen es, Ihren Mageninhalt bei sich zu behalten und –“

Summer schnaubte und schaute auf seine Ressourcen. Der Stapel an blutstillenden Schwämmen war beinahe aufgebraucht. Zudem war sie sich sicher, dass er nähen musste, da der Mann einer Fontäne gleichkam. Die Schränke waren gut bestückt, also griff sie sich absorbierbare Naht, weitere Schwämme und richtete sich auf dem fahrbaren Beistelltisch einen sterilen Bereich ein.

Der Arzt entließ lediglich ein Grunzen und machte sich an die Arbeit.

Summer sah dem Patienten in seine schmerzverzerrten

Augen und lächelte. „Wir kümmern uns darum, dass die Blutungen stoppen. Danach kann ich Ihnen etwas gegen die Schmerzen geben. Halten Sie nur ein wenig länger durch.“

Er schaffte ein Nicken.

Der Arzt starrte sie für einen Moment an, bevor er seine Aufmerksamkeit wieder auf den Patienten richtete. Schweigend assistierte sie ihm. Als der Arzt die Blutungen einigermaßen unter Kontrolle hatte, spülte er die Wunde aus und verband zum Schluss den Patienten.

Mit einem Minimum an Worten legte Summer einen Zugang, um ihm Schmerzmittel zu verabreichen. Sie lächelte, als sie sah, wie sich sein schmerzverzogenes Gesicht entspannte. Sie legte ihm eine Decke über den Körper, redete der Frau gut zu, deren Farbe langsam zurückkehrte, und wies dann den überforderten Studenten an, das Erbrochene und das Blut aufzuwischen.

So gut es möglich war, ignorierte sie den Arzt. Er war wirklich kompetent und im Umgang mit dem Patienten auch überraschend freundlich – wenn man von dem Fluchen von zuvor absah. Dummerweise erinnerte sie sich nur zu gut daran, dass der engstirnige Mistkerl kein Interesse daran hatte, eine Krankenschwester einzustellen. Was er Virgil erst vor wenigen Stunden in einem Anschrei-Wettkampf deutlich gemacht hatte. Wäre es okay, wenn sie ihn jetzt gegen's Schienbein trat?

Nachdem der Rettungswagen endlich den Weg zu ihnen gefunden und den Patienten eingeladen hatte, wusch sich Summer die Hände. Als sie sich umdrehte, fiel ihr

Blick auf den Arzt, der sie von der Türschwelle kritisch beäugte.

„Sie sind also die Krankenschwester, von der Virgil erzählt hat", murmelte er. „Ich mag keine Krankenschwestern."

Innerlich stöhnte sie. Warum hatte sie es in ihrem Beruf immer wieder mit Ärzten zu tun? Ohne sie wäre das Leben so viel einfacher. „Habe ich schon gehört", sagte sie in einem unterkühlten, aber höflichen Ton. Gewalt würde ihr Problem nicht lösen, obwohl sie ihn wirklich gerne treten würde. „Ich bin nur hier, um eine Liste von Dingen abzugeben, die Miss Laurette, Mrs. Mann, dringend benötigt. Virgil wird sich um die Installation kümmern, aber für ein paar der Hilfsmittel ist ein Rezept erforderlich, damit die Kosten übernommen werden." Sie wühlte in ihrer Tasche und legte den Zettel auf die Theke. Sie verdiente ein Bienchen für ihr vorbildliches Verhalten. Schließlich hatte sie die Liste nicht zusammengeknüllt und ihm an die Stirn geworfen.

Sein missmutiger Gesichtsausdruck wirkte jetzt noch ausgeprägter. „Sie haben in einem Krankenhaus gearbeitet. Was wissen Sie schon über Hilfsmittel?"

„Ich habe eine enge Zusammenarbeit mit den Mitarbeitern gepflegt, die für das Entlassungsmanagement zuständig waren." Sie schnappte sich ihren Mantel.

„Warten Sie", knurrte er.

Sie schaute auf ihre Uhr. Sie musste Virgil finden – wo auch immer er gerade war – und dann aus der Stadt verschwinden. „Sie müssen sich nicht bedanken." Sie umfasste die Türklinke.

Die Hand des Arztes landete neben ihrem Kopf auf der Tür, wodurch er sie davon abhielt, zu verschwinden. „Meine Fresse, Sie sind genauso stur wie Masterson", grummelte er hinter ihr.

Das sagte der Richtige. Sie drehte sich zu ihm um und verschränkte die Arme vor ihrer Brust.

Als konnte er nicht glauben, was er gleich sagen würde, blinzelte er und entließ ein genervtes Seufzen: „Ich hatte bisher nicht viel Glück mit Krankenschwestern. Nach meiner ... Also, nachdem es mit einer Krankenschwester nicht funktioniert hat, habe ich es mit zwei weiteren versucht." Er nahm seine Hand von der Tür. „Die Erste hat die Patienten gut behandelt, hatte jedoch das Urteilsvermögen eines Baumstumpfes. Die Zweite hat jedes Mal wie ein Baby geheult, wenn ich nicht ganz so ... freundlich zu ihr gewesen bin."

Mit einem finsteren Blick betrachtete er den blassen Medizinstudenten, der bewegungslos in der Ecke verharrte. „Danach fasste ich den Plan, selbst jemanden auszubilden, aber ... na ja ... das war vielleicht nicht meine beste Idee."

Okay, der Mann war in der Lage, einen Fehler einzugestehen. Toll für ihn. Nichtsdestotrotz war es schon spät. Sie warf ihm erneut einen Blick zu, der ihm verdeutlichen sollte, dass sie unter Zeitdruck stand und er zum Punkt kommen sollte.

Zu ihrer Überraschung lachte er. „Kein Wunder, dass Sie Masterson beeindruckt haben."

Sie verengte die Augen, drehte sich zur Tür, dann erhob er erneut das Wort: „Sie sind erfahren, behalten einen kühlen Kopf und können exzellent mit Leuten umgehen." Er warf einen Blick auf ihre Liste für Laurette. „Und sie sind organisiert."

Okay, dachte sie.

Er verschränkte die Arme vor der Brust und hob entschlossen sein Kinn. „Interesse an einem Job?"

Von der Hollywoodschaukel beobachtete Virgil, wie Summer ihr Auto parkte. Lächelnd stieg sie aus und streckte sich, als wollte sie mit den Händen den Himmel erreichen.

Verdammte Scheiße, diese Frau raubte ihm einfach den Atem. Sie war wie der Sonnenschein nach einem Wintersturm, strahlte ihr Licht auf die schneebedeckten Berggipfel und brachte sie zum Glitzern. Sie brachte der Welt wieder Hoffnung. Alles, was er im Moment tun konnte, war Gott dafür zu danken, dass er sie zu ihm geschickt hatte.

Sie kam auf die Hütte zu, woraufhin er sich vorlehnte und sich mit den Ellbogen auf den Knien abstützte. Als sie ihn erblickte, erstrahlten ihre Augen. *Danke, Gott.*

„Virgil!" Ihr Schritt beschleunigte sich.

Allein der Klang ihrer Stimme zauberte ein Lächeln auf

seine Lippen und sein Schwanz wurde hart. Leider fand dadurch auch die Erinnerung an ihre baldige Abreise Einzug in seine Gedanken.

Er hatte entschieden, sie zu begleiten. Als sie die Stufen zur Veranda emporstieg, festigte sich sein Entschluss. *Ich kann sie nicht aufgeben.* Auch in Gold Beach würde er Arbeit finden. Er konnte auch ohne die Berge überleben.

„Logan meinte, dass du noch nicht ausgecheckt hast, also habe ich hier auf dich gewartet." Virgil stand auf, zog sie an sich und rieb seine Wange an ihrem Haar. Sie reagierte, wie sie es immer tat, und wurde nachgiebig in seinen Armen. Die erregendste Frau aller Zeiten.

„Du Idiot, ich habe dich überall gesucht. Ich bin fast wahnsinnig geworden, als ich dich nirgends finden konnte." Sie sah ihn finster an.

Das konnte er nicht erlauben, weshalb er den Mund auf ihre Lippen senkte und sie küsste. Seine Hände glitten zu ihrem saftigen Hintern. Er grinste. Die Jeans saß wie eine zweite Haut. Mit einem zufriedenen Knurren packte er ihre Pobacken und flüsterte dann an ihren Lippen: „Sei nett zu mir, Süße. Nach letzter Nacht bist du sicher noch zu wund."

Ihre Wangen erröteten und sie rieb sich verlockend an ihm. „So wund bin ich nun auch wieder nicht." Ihre blauen Augen blitzten auf.

Sein Schwanz reagierte auf ihren einladenden Ton, als hätte sie eine Schleuse geöffnet und er stöhnte. *Verdammt.* Super, jetzt musste er sie mit einer Erektion verabschieden.

Sie grinste ihn an und rieb ihren Intimbereich an seinem

Schaft. *Scheiß drauf*, sie konnte auch später losfahren. Doch bevor er sie über die Schulter werfen konnte, trat sie einen Schritt zurück. „Ich will ... Wir müssen erst miteinander reden.“

Verdammt, diese Frau würde ihn noch umbringen. Zum Glück für ihn war sie eine ausgebildete Krankenschwester. Er holte tief Luft. „Okay.“

Summer hatte seine Erektion gespürt und die Begierde in seinen Augen gesehen. Und jetzt hörte sie den geduldigen Ton in seiner Stimme. Wie viele Männer würden sich zurückhalten, um die Frau zu Wort kommen zu lassen? *Gott*, sie liebte ihn.

Er zog sie mit sich auf die Schaukel, legte seinen Arm um ihre Schultern und ließ eine Haarsträhne durch seine Finger gleiten. Er schien es wirklich zu mögen, sie zu berühren. Er war so stark und dennoch so liebevoll und zärtlich. Sie schmolz dahin.

Die Lachfältchen um seine Augen zeigten sich, und er strich ihr mit den Fingerknöcheln der anderen Hand über die Wange. „Ich liebe dich.“

Oh Gott. Seine Augen leuchteten golden, so warm, dass sie sich seiner Anziehungskraft nicht erwehren konnte. *Verdammt*, sie wollte doch ein ernstes Gespräch mit ihm führen. „Virgil ...“

„Sag es, meine kleine Schlägerbraut.“ Er war so unaufhaltsam wie der Lenz, wenn er den Schnee zum Schmelzen brachte, sich daraufhin die ersten Sprossen zeigten und die Bäche soweit anschwollen, dass sie alle Hindernisse wegspülten. Durch ihn geriet sie aus dem Gleichgewicht.

„Ich liebe dich auch.“ Und das tat sie wirklich. Aber das war noch nicht alles, nein, mit jeder Sekunde wurden ihre Gefühle für ihn stärker. Er hatte sich bereits in ihrer Seele eingenistet und sie musste Tränen zurückdrängen. „Ich liebe dich so sehr.“

„Gut gemacht.“ Er küsste sie zärtlich und sagte dann: „Ich habe mir die Woche frei genommen. Ich werde dir beim Umzug und beim Einrichten der neuen Wohnung helfen. Natürlich nur, wenn du damit einverstanden bist. Gleichzeitig kann ich mich in Gold Beach nach einem Job umsehen.“ Er streichelte mit seinem Finger über ihre Wange und lächelte über den überraschten Ausdruck auf ihrem Gesicht. „Ich bin mir sicher, dass ich in deiner Nähe einen Job finden kann.“

„Ich bleibe“, platzte sie heraus.

„Wir sollten jetzt wirklich losfahren und –“ Er wollte aufstehen, doch dann erreichten ihn ihre Worte und er erstarrte. „Was hast du gesagt?“

Wie Kohlensäure sprudelte die Freude in ihr an die Oberfläche und sie kicherte. „Oh, du hast mich gehört.“

Ohne zu blinzeln, starrte er sie an. Sie unternahm die Initiative, wickelte einen Arm um seinen Hals und zog ihn zu sich. An seinem Mund flüsterte sie: „Ich werde bleiben.“

„Gott sei Dank!“ Er riss sie an seine Brust und umarmte sie so fest, dass ihre Rippen knackten. Dann küsste er sie bis in die Besinnungslosigkeit. Sicher, er brachte sie immer wieder einem köstlichen Ende nah, und trotzdem wollte sie nirgendswo anders sein. Nur bei ihm erfuhr sie wahres Glück.

Er legte eine Hand auf ihren Hinterkopf und presste sie an seine Brust. Sie konnte seinen Herzschlag hören, der nur durch seine nächste Frage übertönt wurde: „Was ist mit deiner neuen Anstellung?"

„Der Arzt hier in der Stadt hat mich eingestellt."

„Verdammt." Er schob sie ein Stück von sich weg, um ihr in die Augen zu sehen. „Wie zum Teufel hast du das angestellt? Ich ... äh ...", stotterte er verdutzt.

„Ja, ich weiß, dass du dich mit ihm gestritten hast." Sie berührte mit ihren Fingern seinen harten Kiefer. Er bebte am ganzen Körper. Er hatte ihr so verzweifelt helfen wollen, einen Job zu finden, um sie bei sich behalten zu können. Wie konnte sie ihn da nicht lieben? „Also, wie gesagt, ich bleibe. Allerdings bestehe ich darauf, dass ich mir eine eigene Wohnung suche."

Er runzelte die Stirn. „Du willst nicht mit mir zusammenziehen?"

„Nein." *Bleib stark, Summer.* „Es geht zu schnell. Wir müssen erstmal sehen, wie es läuft. Also werde ich mir ein Apartment oder –"

„Kein Apartment. Zum Teufel, das hätte ich fast vergessen." Er stand auf und betrat mit hastigen Schritten die Lodge.

Sie starrte ihm verdutzt hinterher.

Wenige Minuten vergingen, bevor er mit einer Decke in seinen Armen zurück auf die Veranda kam.

Sie runzelte die Stirn. „Eine Decke? Wozu brauchst du jetzt eine Decke?“

„Ich wollte nicht, dass ihm kalt wird“, murmelte er und schlug die Decke ein Stückchen zurück. Ein kleines Wesen sprang auf ihren Schoß. Ein kleines Wesen mit weichem Fell, Schlappohren und großen, braunen Augen. *Oh Gott, oh Gott, oh Gott.*

Der Cockerspaniel-Welpe leckte wild zappelnd und Schwanz wedelnd ihr Kinn ab.

„Oh, mein Gott, du bist so niedlich!“ Lachend schaute Summer zu Virgil. „Du hast einen Welpen?“

„Nein. *Du* hast einen Welpen.“ Er lächelte sie an und die Liebe, die sie in seinen Augen sah, rührte sie zu Tränen. „Ich wollte dich begleiten. Wenn du dich geweigert hättest, mich mitzunehmen, und ohne mich gefahren wärst, hätte dich –“ Sein Kiefer spannte sich an, als er seinen abgebrochenen Satz von vorne begann: „Wenn du ohne mich gefahren wärst, hätte dich das genauso verletzt wie mich. Und ich wollte, dass du dennoch etwas zum Liebhaben hast.“

Sie vergrub ihr Gesicht am weichen Fell des Welpen und gab alles, um nicht in Tränen auszubrechen. Sogar beim schlimmsten Szenario hatte er dafür sorgen wollen, sie glücklich zu machen. Ihr Herz war völlig überfordert. Ohne den aufgeregten Welpen loszulassen, stand sie auf und warf sich in Virgils Arme.

Lachend positionierte er sie auf seinem Schoß und wickelte die Arme um sie. Jetzt war sie Zuhause. Seine Arme boten ihr die Sicherheit, nach der sie sich immer gesehnt hatte.

Was hatte er zu ihr gesagt? *„Mir wurde dieses Jahr eine harte Lektion mit auf den Weg gegeben: Gehe niemals davon aus, dass ein geliebter Mensch weiß, was du für ihn empfindest.“* Das galt auch für sie. „Ich liebe dich, Virgil.“

„Genau das wollte ich jetzt hören“, sagte er mit sanfter Stimme. Er legte eine Hand in ihren Nacken. „Ich werde immer mein Bestes geben, um deine Bedürfnisse zu befriedigen.“ Es klang wie ein Schwur. Die Lachfältchen in seinen Augenwinkeln vertieften sich und er sagte in einem rauen, dominanten Ton: „Und da ich mit dir herausgefunden habe, dass ich ein Perversling, also ein ... Dom bin, werde ich dafür sorgen, dass du im Gegenzug alle meine Bedürfnisse befriedigst.“

Auf diesen unbestreitbaren Befehl durchfuhr sie eine Hitzewelle, die sie dennoch erschauern ließ. Erwartungsvoll zog er eine Augenbraue hoch. Oh ja, er wollte eine Antwort hören!

„Ja, Sir“, flüsterte sie. Dann hob sie stolz ihr Kinn in die Höhe. „Trotzdem werden wir nicht zusammenziehen. Ich will mindestens für ein halbes Jahr meine eigene Wohnung haben.“ Sie wollte nur sichergehen, ob sie auch wirklich zusammenpassten. Hoffentlich würde sie für sechs Monate standhaft bleiben können.

Er musterte sie und sie erkannte mal wieder, dass er in ihr lesen konnte wie in einem Buch – ein geborener Dom.

Die Erinnerung an letzte Nacht überkam sie, wie seine kraftvollen Hände und seine feste Stimme ihre Unterwürfigkeit beschworen hatten. Ein Schauer überlief sie. Mit der Zeit würde er an Erfahrung dazugewinnen. *Oh Gott*, wie sollte sie das überleben?

Aufmerksame, kluge Augen fanden ihren Blick. Ein äußerst selbstsicheres Grinsen erschien auf seinen Lippen.

Verdammt, sie gab sich einen Monat, dann würde sie ihn anflehen, bei ihm einzuziehen.

LESEPROBE

Mein Lord im Dark Haven

(California Masters-Reihe: Buch 5)

„Abby, da wir bisher noch nie miteinander eine Session hatten, wirst du mir sagen, wenn dir etwas zu viel wird."

Es ist jetzt schon zu viel. Abby schaute über ihre Schulter auf den Clubbesitzer. Weißes Hemd, schwarze Seidenweste, schwarze Jeans, schwarze Stiefel. Er gehörte zweifellos in die Groß-Mysteriös-Heiß-Kategorie. Nur schienen die Worte fade im Vergleich zur Realität. Die breiten Schultern gaben ihm eine gefährliche Aura. Seine Haut hatte die Farbe der nordamerikanischen Ureinwohner und der lange, geflochtene Zopf, der ihm bis zum Hintern reichte, war definitiv ein Statement. Er war attraktiv, mit markanten, strengen Gesichtszügen.

Er war ihr unheimlich. Sie bezweifelte, dass dieser Mann

auch nur eine wohlwollende Ader in seinem Körper hatte. Wenn sie jetzt nicht assistierte, wäre sie raus. Niemals hätte sie gedacht, dass sie von Beobachterin zu Teilnehmerin werden würde. Unbehagen stieg in ihr auf.

Er betrachtete sie, und wüsste sie es nicht besser, würde sie glauben, Lachfältchen an seinen Augenwinkeln zu erkennen. „Ganz ruhig, Abby. Das Safeword hier im Club lautet ‚Rot', und wenn du es gebrauchst, höre ich sofort auf. Sag es und ein Aufseher wird herbeieilen und fragen, ob es dir gut geht." Er hielt ihren Arm und wickelte ihr etwas ums Handgelenk, das nach nichtklebendem, breitem Paketband aussah.

„Rot. Verstanden."

„Abby", sagte er in einem warnenden Ton. „Ich nehme an, dass du weißt, wie du einen Dom anzureden hast – insbesondere, wenn er dir Aufmerksamkeit schenkt."

Diese offene Missbilligung ließ sie erröten, als hätte sie ein Lehrer beim Spicken erwischt.

„Ja, mein Lord."

Nickend akzeptierte er ihre Antwort.

Trotz ihrer Erleichterung darüber, dass er nicht die Beherrschung verloren hatte, war die Angst ihr Begleiter, als er den anderen Arm hinter ihren Rücken zog und die Handgelenke zusammenband. Sie schloss die Augen und stellte sich vor, dass gerade nichts passierte. Nathan hatte sie nie erlaubt, ihr Handschellen anzulegen. Warum gestattete sie dann diesem Fremden, sie zu fesseln?

Weil sie keine Wahl hatte. Sie musste bleiben, um ihre

Feldforschung voranzutreiben. Sie durfte ihren Job nicht verlieren. *Wer schreibt, der bleibt.* Wenn sie jemals den Typen traf, der sich diesen dummen Spruch hatte einfallen lassen, würde sie ihm seine Werke in den Rachen stopfen, bis er daran erstickte.

„Abby."

Sie öffnete ihre Augen.

Er stand vor ihr und blickte auf sie hinab. Warum musste er nur so groß sein? Seine warmen Hände massierten ihre nackten Schultern. „Hast du Schmerzen in den Gelenken?"

„Nein, Sir."

Schweigend musterte er sie.

Sie verlagerte ihr Gewicht und versuchte, nicht an ihre fehlende Bewegungsfreiheit zu denken. Solange sie sich nicht bewegte, war sie auch nicht gefesselt. Ganz ähnlich dem Phänomen, die Augen zu schließen, wenn eine gruslige Szene im Kino zu erwarten war.

„Zieh am Bondage-Band, Abby. Wie fühlt es sich an?"

Unwillkürlich zuckte sie mit ihren Armen und sofort drang ihr ins Bewusstsein, wie gefesselt sie wirklich war. Sie konnte sich nicht wehren! Ihr Körper war diesem ungerührten Master vollkommen ausgeliefert. Abwechselnd durchflutete sie Hitze und Kälte, als hätte sie einen Ventilator vor sich stehen. Sie riss stärker und Panik schnürte ihr die Kehle zu.

„Ganz ruhig, Kleines." Er nahm ihr Kinn zwischen Daumen und Zeigefinger. Seine andere Hand schloss sich um ihren Oberarm und von der Stelle breitete sich Wärme in ihrem ganzen Körper aus. Er konnte sie einfach berühren und doch fühlten sich seine Berührungen tröstlich an. Sie entspannte sich. „Die Augen zu mir."

Keuchend hob sie den Kopf und traf auf Augen, die die Farbe der Dunkelheit trugen. Dann sah sie genauer hin und entdeckte goldene Funken, warme Akzente in der Finsternis.

„Braves Mädchen. Du kannst mir nicht entkommen, aber ich bezweifle, dass du das wollen wirst. Du wirst deine Zeit mit mir genießen, dafür werde ich sorgen. Wir befinden uns an einem öffentlichen Ort und du hast dein Safeword, was jeden Aufseher in diesem Kerker anlocken wird. Jetzt kontrolliere deine Atmung, bevor du noch hyperventilierst."

Oh. Sein Blick hielt ihren gefangen, als sie tief einatmete und die Luft langsam entließ.

„Besser. Nochmal." Sein Griff um ihren Oberarm war unnachgiebig, aber nicht schmerzhaft. Die Hand eines Mannes.

Warum erschien ihr diese Berührung so ganz anders als die von Nathan? Warum erfuhr sie bei diesem Mann nicht dieselbe schreckliche Furcht?

„Kleine Pusteblume, ich möchte, dass du dir merkst, wie du jetzt gerade atmest. Wenn ich eine Nippelklemme an dir befestige, wird es ein paar Sekunden wehtun. Ich will, dass du durch den Schmerz hindurchatmest, so wie du das eben mit deiner Angst getan hast."

„Schmerz? Aber –“

„Lässt du dich gegen die Grippe impfen?“

„Ja.“ Als sich seine Augenbrauen missbilligend zusammenzogen, sagte sie schnell: „Mein Lord.“

„Eine Impfung kommt dem Schmerzlevel gleich, jedoch fühlen die Menschen keine Erregung, wenn sie geimpft werden. Bei Nippelklemmen allerdings ...“ Ein Grübchen erschien auf seiner Wange, nur für eine Sekunde, dann verschwand es, als wäre es nie da gewesen.

Sie nickte, um ihm verständlich zu machen, dass sie diese Art von Schmerz ertragen konnte. Ihr Problem war die erregende Hitze, die ständig durch ihren Körper schoss. Ihre Nippel kribbelten in der Vorausschau seiner Berührung.

Hatte Nathan diese Dinge mit ihr vorgehabt? Schuldgefühle machten sich in ihr breit. In Anbetracht dessen, dass er sie verlassen hatte, sollte sie nicht mit dem Gefühl kämpfen, ihn gerade zu betrügen. Aber egal, was sie tat oder an was sie dachte, sie konnte es nicht abschütteln! Vor allem nicht, weil sie im Moment von einem völlig Fremden gefesselt wurde! Alice war durch ein Kaninchenloch im Wunderland gelandet, Abby hingegen war in Treibsand getreten und mit erschreckender Geschwindigkeit versank sie. *Was mach' ich hier bloß?*

Xavier hatte sich nicht bewegt, seine Augen hellwach auf sie fixiert. „Was ist los, Abby?“

„Ich kenn' dich überhaupt nicht. Und du sprichst von ...“

Nippelklemmen. Nippelklemmen! „Ich weiß nichts über dich."

„Ich verstehe." Seine Hand umschloss noch immer ihren Oberarm, als er nähertrat. Er schob einen Finger unter ihr Kinn, hob ihren Kopf und gab ihr einen sanften Kuss auf die Lippen. Seine Lippen waren wie der Mann selbst: ernst, aber dennoch samtweich und zärtlich.

Als er den Mund von ihrem löste, flüsterte sie: „Warum hast du das gemacht?"

Sein Aftershave duftete nach Mann, mit einem exotischen Hauch – ein Pirat, der zu Besuch in Indien gewesen war. Er rieb mit seinem Daumen über ihren Wangenknochen, seine Lippen nur wenige Millimeter von ihren entfernt. „Weil ich es kann", flüsterte er zurück. Dann lächelte er. „Weil ich dich gleich noch viel intimer berühren werde."

Hitze schoss durch ihren Körper, als sie sich vorstellte, wie er sie an anderen Stellen berührte.

„Den Kuss kannst du als Vorstellung sehen. Ich heiße Xavier." Wieder presste er seinen Mund auf ihren. Diesmal war es kein sanfter Kuss. Nein, ganz im Gegenteil: Er nahm sie in Besitz und verlangte, dass sie seinen Kuss erwiderte. Sie wusste nicht, was sie davon halten sollte, und zerrte instinktiv an ihren Armen, wodurch ihr in Erinnerungen gerufen wurde, dass sie gefesselt war. Sie schnappte nach Luft und Xavier nutzte dies aus, indem er seine Zunge zwischen ihre Lippen schob. Sie konnte sich nicht bewegen, konnte nicht entkommen und ...

Er trat zurück. Vorausahnend packte er ihren Arm fester, damit sie ihr Gleichgewicht nicht verlor. *Ein Kuss.* Ein Kuss hatte ausgereicht. Sie starrte ihn mit offenem Mund an und sie leckte sich über ihre geschwollenen Lippen.

In seinen Augen konnte sie ein Feuer sehen, gefolgt von maßloser Belustigung. „Was denkst du: Kennen wir uns jetzt besser?"

Ihre Stimme klang, als hätte er sie nicht geküsst, sondern gewürgt: „Ja, mein Lord." Wenn er sich bei einer Fakultätsparty auf diese Weise vorstellen würde, wäre der Boden mit ohnmächtigen Akademikerinnen gepflastert.

„Sehr gut." Mit seinen oh-so-kompetenten Händen öffnete er den ersten Haken ihres Korsetts. Auf dem Weg nach unten strichen seine langen Finger über die freigelegte Haut zwischen ihren Brüsten. Bei jedem Häkchen entblößte er mehr von ihrem Körper und eine kalte Brise löste Gänsehaut bei ihr aus. Zu guter Letzt legte er das Korsett beiseite. Es war offiziell: Von der Hüfte aufwärts war sie nackt.

Sie biss sich auf die Lippe. *Reiß dich zusammen.* Das bedeutete rein gar nichts. In Frankreich rannten die Frauen wahrscheinlich oben ohne über den Strand. Nicht, dass sie ihnen Gesellschaft leisten wollte, aber ... Im Geiste legte sie den Rückwärtsgang ein. *Beobachte.* Entschlossen atmete sie tief ein und drehte den Kopf zu einem Spanking in der Nähe.

Eine warme Hand umfasste ihre Brust.

Sie zuckte zusammen und versuchte, sich von der Hand abzuwenden. „Was machst du denn?“

Wieder packte er ihren Arm. Je mehr sie zappelte, desto fester schlossen sich seine langen Finger um ihren Arm. „Kein Dom kann dir Nippelklemmen anlegen, ohne dich zu berühren.“

Während er sprach, streichelte er ihre Brüste. Erst die linke, dann die rechte. Seine Handflächen fühlte sich rau an. Seine Daumen umkreisten ihre Nippel, bis sie für ihn salutierten.

Sie versuchte, sich von der Sinnesexplosion abzulenken, und richtete ihre Aufmerksamkeit auf die Sessions in der Umgebung. *Beobachte.*

„Augen zu mir, Abby.“ Die Sanftheit in seiner Stimme tat dem eigentlichen Befehl keinen Abbruch.

ÜBER DEN AUTOR

Autoren sagen oft, dass ihre Protagonisten mit ihnen argumentieren.

Dummerweise sind Cherise Sinclairs Helden allesamt Doms. Was bedeutet, dass sie keine Chance hat, jemals ein Argument für sich zu entscheiden.

Als New York Times and USA-Today-Bestsellerautorin ist Cherise dafür bekannt, herzzerreißende Liebesromane mit hinreißenden Doms, amüsanten Dialogen und heißem Sex zu schreiben. BDSM, Leute. BDSM! Wer kann dazu schon ‚Nein' sagen?

Mit den Kindern aus dem Haus lebt Cherise mit ihrem geliebten Ehemann und ihren Katzen am pazifischen Nordwesten, wo nichts gemütlicher ist als ein regnerischer Tag, den sie damit verbringt, neue Bücher zu schreiben.

Rezensionen:

Ich freue mich immer über Rezensionen. Es würde mir sehr viel bedeuten, wenn ihr euch die Zeit nehmt und ein paar Worte über *Der neue Master* verfasst.

Printed in Poland
by Amazon Fulfillment
Poland Sp. z o.o., Wrocław